Die Worte der Ameisen
Persische Weisheiten

Herausgegeben und übertragen
von Cyrus Atabay
Mit kalligraphischen Schmuckblättern
aus der Zeit der Moghul-Kaiser

Insel Verlag

Die Wiedergabe der Abbildungen erfolgt mit freundlicher Genehmigung der Staatlichen Museen zu Berlin, Museum für Islamische Kunst (Bildarchiv Preußischer Kulturbesitz).

Zweite Auflage 1996
© Insel Verlag Frankfurt am Main und Leipzig 1993
Alle Rechte vorbehalten
Satz: Hümmer GmbH, Waldbüttelbrunn
Druck: Nomos Verlagsgesellschaft, Baden-Baden
Printed in Germany
ISBN 3-458-19130-5

Die Worte der Ameisen

Aufzeichnungen sufischer Meister

O ihr Leute! Ich bin gegangen bis zu jenem Ort, jenseits dessen es kein Jenseits gibt; ich bin nach Norden und Süden gegangen bis zu jenem Ort, jenseits dessen es kein Jenseits gibt.
Ich bin zurückgekehrt. Alles, was ich sah, sehe ich seitdem in einem Haar des kleinen Fingers meiner Hand.

Sonnun Messri schickte einen Schüler zu Bajasid mit dieser Botschaft: O Bajasid, du schläfst jede Nacht in der Wüste und gehst gemächlich deinem Tagwerk nach, indes die Karawane weiterzieht.
Der Schüler kam zurück und überbrachte diese Antwort: Sage Sonnun, daß der vollkommene Mann jener sei, der allnächtlich sich dem Schlaf überläßt, doch in der Morgenfrühe, noch vor Ankunft der Karawane, sein Haus erreicht hat.

Als sein Werk sich der Vollendung näherte, wurde sein Wort von den Leuten nicht mehr verstanden und zurückgewiesen. Schließlich wurde er sieben Mal aus Bastam verbannt.
Warum, frug der Schejch, vertreibt ihr mich? – Du bist ein Unheilstifter, antwortete man ihm, den wir nicht dulden können. Der Schejch sagte: Wohl jener Stadt, deren Unruhstifter einer ist wie ich.

Einmal nahm er einen roten Apfel und betrachtete ihn. Dieser Apfel, sagte er, ist zart. Da drang zu ihm der Ruf:

O Bajasid, schämst du dich nicht, meinen Namen einer Frucht zu geben?

Dreißig Jahre lang suchte ich Gott. Als ich reif geworden war, erkannte ich, daß Er der Suchende war und ich der Gesuchte.

Ahmad Harab schickte dem Schejch eine Matte, damit er abends sein Gebet darauf verrichte. Der Schejch sagte: Ich habe die Frömmigkeit der Himmlischen und Irdischen in einem Kissen gesammelt, auf das ich mein Haupt bette.

Man frug ihn, warum er nicht mit dem Wissen, das Er ihm verliehen hatte, die Leute zu Gott führe. Er antwortete: Wie könnte Bajasid den von den Fesseln befreien, den Er in Bande schlug?

Jemand sagte zum Schejch: Läutere dein Herz, damit ich zu dir spreche. Der Schejch erwiderte: Schon dreißig Jahre begehre ich von Gott ein lautres Herz und hab es bislang nicht gefunden. Wie könnte ich in einer Stunde für dich mein Herz läutern?

Jemand ging zum Hause Bajasids und rief ihn. Der Schejch frug: Wen verlangst du? – Bajasid, wurde ihm erwidert. Der arme Bajasid, sagte er. Schon dreißig Jahre suche ich Bajasid und habe Namen und Zeichen von ihm nicht gefunden.

Einst sprach er von der Wahrheit und kostete den Geschmack auf seinen Lippen. Und sagte: Trinker, Wein und Mundschenk bin ich in einem.

Man frug ihn, welcher Weg zur Wahrheit führe. Er sagte: Stelle dich nicht selbst der Wahrheit in den Weg, sodann erreichst du sie. Man frug: Auf welche Weise ist das möglich? Er sagte: Mit Blindheit, mit Taubheit, mit Stummheit.

Einer sagte: Diese Suchenden sind ruhelos reisend. Er sagte: Das Ziel verweilt an einem Ort, es ist nicht unterwegs; das Verweilende ist reisend nicht zu finden.

Man frug ihn: Wie hast du die Wahrheit gefunden? Er sagte: Das Weltliche habe ich gesammelt und an die Kette der Genügsamkeit gebunden, dann habe ich es in den Katapult der Redlichkeit gelegt und in das Meer der Hoffnungslosigkeit geschleudert.

Man frug ihn: Wie alt bist du? Er antwortete: Vier Jahre. – Wie ist das zu verstehen, wollte man wissen. Er sagte: Siebzig Jahre lebte ich hinter den Blenden der Welt, seit vier Jahren sehe ich Ihn.

Man befrug ihn über das Gebet. Er sagte: Es ist Vereinigung, und Vereinigung ist nicht erfüllbar, es sei denn nach der Trennung.

Dreißig Jahre lang nannte ich den göttlichen Namen. Als ich schwieg, erkannte ich, daß die Scheidewand, die mich von ihm trennte, meine Benennung war.

Es gibt Knechte Gottes, die, gäbe man ihnen das Paradies mit all seiner Herrlichkeit, dort nicht minder jammern würden als jene, die in der Hölle wohnen.

Das Zeichen dessen, den Gott liebt, enthüllt sich in drei Eigenschaften, die er ihm gibt: in der Großmütigkeit, die ist wie die Großmütigkeit des Meeres; in der Barmherzigkeit, die ist wie die Barmherzigkeit der Sonne; und in der Demut, die ist wie die Demut der Erde.

In der Wissenschaft gibt es ein Wissen, das die Gelehrten nicht erfassen, und in der Frömmigkeit gibt es eine Gläubigkeit, die die Frommen nicht kennen.

Niemals wird die Wahrheit durch Suchende gefunden, doch findet sie keiner außer den Suchenden.

Seine Kenntnis schlug mich zu Boden und löschte mich aus; ein anderes Mal bezwang er mich und gab mir Leben.

Viele gibt es, die nah uns scheinen, doch fern sind, und viele, die fern scheinen und uns nah sind.

Suche nicht, solange du nicht gesucht wirst, denn das, was du suchst, ist nur ein Schein, der dir gleicht, wenn du es findest.

Man frug ihn: Wo hast du Gott gesehen? Er antwortete: Dort, wo ich mein eigenes Selbst sah.

Die Genügsamkeit der Wissenden begründet ihren höchsten Wert, denn wenn sie die Reinheit Gottes gewahren, erkennen sie die eigene Genügsamkeit.

Von dem, der abwesend ist, sprechen alle; jener, der gegenwärtig ist, ist nicht zu bestimmen.

Wenn du ihm dein Nichtsein übergibst, empfängst du sein Sein.

Alle Leute trachten danach, mit einem Verdienst in jene Welt zu treten, mit einem Ansehen, das dort wertlos ist und in Nichts zerfällt.

Nicht bin ich fremd hier, doch bin ich nicht der Zeit zugehörig, noch ist die Zeit mir zugehörig.

Dein Fuß muß vom Wandern wund werden, dein Körper vom Sitzen und dein Geist vom Denken; jeder, der auf dieser Erde wandert, dessen Fuß wird solche Male tragen, und jeder, der die Himmelsreise antritt, dessen Geist wird solche Male tragen.

Pflanze den Baum der Trauer, damit er Früchte trage endlich, und du, setze dich unter ihn und weine, bis dir jene Gnade zuteil und man dich fragen wird, warum du weinst.

Diesen Weg hat noch keiner vom Anfang bis zum Ende begangen, denn er ist von Dornen versperrt; deshalb erscheinen mir die Propheten und Meister gering, denn wenn jener Weg, der vom Knecht zu Gott führt, von Dornen versperrt ist, wie mag jener Weg beschaffen sein, der von Gott zum Knecht führt?

Jonid Bagdadi sagte zu Schebli: Jeder, der sucht, findet. Schebli erwiderte: Nein, jeder, der gefunden hat, sucht.

Der Gelehrte kam mit der Wissenschaft und der Frömmler mit der Heuchelei und der Gottesfürchtige mit der Gottesfurcht zu ihm; du wähle die Reinheit und erscheine unrein vor ihm, denn er ist die Reinheit.

Einst sah er einen Stapel feuchten Reisigs, den man entzündet hatte, und die Nässe drang in Wassertropfen aus dem Holz. Da sagte er zu den Gefährten: O ihr Selbstherrlichen, wenn es wahr ist, was ihr sagt, daß wir im Herzen Feuer tragen, warum ist dann keine Träne in euren Augen zu sehen?

Einst ging er mit den Gefährten in die Wildnis und sah einen Schädel mit dieser Inschrift: Versehrt von dieser Welt und nach dem Grab. Schebli geriet in Verzückung und sagte: Bei der Größe Gottes schwöre ich, daß dies der Schädel eines Propheten oder Meisters ist. Man frug ihn, warum er das sage. Er antwortete: Solange du nicht auf dem irdischen Weg bis zum Ende Leid erfährst, erreichst du ihn nicht.

Ein Leben lang versuche ich einen Atemzug zu tun, der meiner Lunge verborgen bliebe und von dem sie nichts wüßte – und vermag es nicht.

In der Todesnacht wiederholte er die ganze Nacht diese Worte:
> Das Haus, in dem du wohnst,
> bedarf keiner Lampe;
> dein schönes Antlitz
> wird unsere Ursache sein.

Dann erschienen die Leute zum Gebet für den Sterbenden, und es ging mit ihm zu Ende. Da sagte er: Was für ein Unterfangen! Sterbende haben sich versammelt, um für einen Lebenden zu beten.

Es wird erzählt, daß man in der ersten Nacht, als Hossejn Mansur Hallaj gefangengenommen wurde, ihn im Gefängnis aufgesucht, doch nicht aufgefunden habe; man durchsuchte das ganze Gefängnis, ohne eine Spur von ihm zu finden. In der zweiten Nacht fand man weder ihn, noch das Gefängnis vor, obwohl man überall danach forschte. In der dritten Nacht fand man ihn wieder im Gefängnis. Er wurde ausgefragt: Wo warst du in der ersten Nacht, und wo wart ihr, du und das Gefängnis, in der zweiten Nacht; nun seid ihr wieder anwesend, wie ist das zu erklären? – In der ersten Nacht war ich in Seiner Gegenwart, darum war ich nicht aufzufinden, und in der zweiten Nacht befand Er sich hier, darum waren wir beide, das Gefängnis und ich, verborgen; in der dritten Nacht wurde ich zurückgeschickt, um das mir auferlegte Gesetz zu erfüllen: Kommt nun und vollstreckt euer Tun.

Wenn ich auf meine Seele blicke, bedrückt sie mich, und blicke ich auf mein Herz, bedrückt es mich, und blicke ich auf meine Taten, bedrückt mich das Jüngste Gericht, und wenn ich auf die Zeit blicke, bedrückst du mich. O Herr, deine Gnade ist sterblich, und meine Gnade unsterblich, und deine Gnade bin ich, und meine Gnade bist du.

Den Schmerz suchte ich und fand ihn nicht, Heilung suchte ich und fand sie nicht. Aber ich fand Heilung.

Selbstüberwindung heißt: jene Brücke der Prüfung überschritten haben, die schärfer ist als eine Klinge und schmaler als ein Haar.

Man erzählt, daß er eines Nachts während seines Gebetes den Ruf vernahm: Gib acht, Abollhassan! Willst du, daß ich den Leuten erzähle, was ich von dir weiß, damit sie dich steinigen? Der Schejch antwortete: O Herr, willst du, daß ich den Leuten erzähle, was ich von deiner Barmherzigkeit und deiner Güte weiß, damit dich niemand mehr lobpreist?

Er sagte: Die Leute vermögen mich nicht zu tadeln oder zu würdigen, denn in welcher Sprache sie es auch auszudrücken versuchen: ich werde anders sein.

O Herr, sende deinen Todesengel, damit er mein Leben nehme und ich sein Leben empfange: dann mögen sie unsere Leichname gemeinsam zum Friedhof bringen.

Tag und Nacht währen vierundzwanzig Stunden, ich sterbe tausend Mal in einer Stunde; die anderen dreiundzwanzig Stunden zu schildern, entzieht sich der Worte.

Unter meiner Haut liegt ein Meer, über das sich Regenwolken ballen; jedesmal, wenn sich ein Wind erhebt, dann regnet es vom höchsten Himmelsdach bis in das Innerste der Erde.

Wir, vor uns nicht endende Reisen.
Wir, vor uns so flüchtige Reisen.

Es war eine bitterkalte Nacht in der Wildnis, und ich hatte gerade mein Gebet beendet und mein Haupt auf einen Stein gebettet. Ich weiß nicht, wieviel Zeit verstrichen war, aber eine Wärme, die mich überwältigte, ließ mich erwachen. Als ich die Augen öffnete, sah ich eine Herde von Steinböcken, die gekommen waren und sich rings um mich zum Schlaf niedergelegt hatten, und ihr Atem hatte mich dermaßen erwärmt, daß mir der Schweiß niederrann.

Eines Tages kam der Schejch mit seinen Begleitern zu einer Mühle; er hielt sein Pferd an und verweilte dort eine Stunde. Dann frug er: Wißt ihr, was diese Mühle sagt? Sie sagt, Sufismus ist das, was mir zu eigen ist: Grob empfange ich und gebe es fein zurück, ich drehe mich im Rundgang um mich selbst, reise meine Reise in meinem Innern, bis ich das, was nicht zu mir gehört, gesondert habe.

Den Liebenden mit der Hölle zu schrecken wäre so, als wollte man den trunkenen Falter vor der Kerze einschüchtern. Der Falter heißt den Tod willkommen, wenn er nur einmal das Feuer umarmen kann: Ihm ist's genug, wenn er für einen Augenblick eins wird mit dem Feuer.

Das eine ist um seiner Größe willen, das andere um seiner Winzigkeit willen nicht zu erfassen; das eine ist im Vergleich zu dem anderen gering und unscheinbar und das andere mächtig und gewaltig. Aber beide sind in ihrer Unauffindbarkeit ebenbürtig.

Zwischen dem Suchenden und der Wahrheit liegt nur ein Schritt, und der besteht darin, daß du mit einem Schritt heraustrittst aus deinem Selbst, um zur Wahrheit zu gelangen. Eines Tages ging er des Weges und traf zwei Kinder, die sich um eine Nuß stritten, die sie gefunden hatten. Schebli nahm die Nuß und sagte: Wartet, damit ich sie für euch teile. Nachdem er sie aufgeschlagen hatte, fand er sie leer; Schebli war beschämt und sagte: So viel Streit um einer leeren Nuß willen und so viel Rechtsanspruch um Nichts.

Schejch Bu-said berichtete: Wir waren in Serechs bei Pierbol-fasl, als jemand erschien und sagte: Loghman ist erkrankt und bittet seine Freunde, ihn nach Robat-e-Borjah zu bringen; seit drei Tagen ist er dort und hat kein Wort gesprochen. Heute sprach er und sagte: Geht und sagt Pier-bol-fasl, daß Loghman stirbt, ob er noch einen Auftrag hätte. Als Pier-bol-fasl das hörte, sagte er: Kommt, laßt uns zu ihm gehen. Und er erhob sich und begab sich mit den Freunden dorthin. Als Loghman ihn eintreten sah, lächelte er. Pier-bol-fasl setzte sich ihm zu Häupten, und der Sterbende blickte auf seinen Freund und atmete leise und bewegte die Lippen nicht. Einer in der Runde sagte: Es gibt keinen Gott, außer Ihm, dem Allmächtigen! Loghman lächelte und sagte: O Jüngling, wir haben unseren Tribut entrichtet und unsere Quittung empfangen! Jener Derwisch sagte: Doch sollen wir, Seiner gedenkend, uns ihm anvertrauen. Loghman erwiderte: Willst du, daß ich brülle vor Seinem Tor? Pier-bol-fasl stimmte ihm zu und sagte: Er hat recht. – Schon eine Stunde war es, daß er nicht mehr atmete und nur seinen Freund ansah und keinerlei Veränderung in seinem Gesicht sich zeigte. In der Runde war ein Geflüster, einige sagten, er sei hingeschieden, andere widersprachen dem, da sein Blick noch gerade und ungebrochen sei. Pier-bol-fasl sagte: Er ist hingeschieden, aber solange wir uns hier befinden, wendet er den Blick nicht ab, denn die Freunde wenden den Blick nicht von den Freunden. Dann erhob sich Pier-bol-fasl, und Loghman schloß die Augen.

Eines Tages ging er in ein Irrenhaus; er sah einen Umnachteten, der ein Freudengeschrei anstimmte. Er sagte: So schwere Ketten hat man dir an die Füße gelegt, wie kannst du fröhlich sein? Der andere sagte: O Unwissender, die Ketten legte man an meine Füße, mein Herz ist unbeschwert!

In allen Seinen Eigenschaften ist Barmherzigkeit enthalten, es sei denn in Seiner Liebe, die keine Barmherzigkeit duldet: Sie tötet, und von dem Getöteten wird noch Blutgeld gefordert.

Eines Tages kam er zu einem Brunnen. Er ließ den Eimer hinab: voller Gold war er, als er ihn emporseilte. Er leerte ihn und ließ ihn wieder hinab; diesmal war er voller Perlen, als er ihn emporseilte; wieder stülpte er den Eimer um. Frohlokkend sagte er: O Herr, du willst mir deine Schatzkammer enthüllen! Ich weiß, daß du allmächtig bist, wisse auch, daß ich nicht überlistet werde: Spende mir Wasser, damit ich mich reinigen kann!

Was hat dich zu diesem Rang geführt? Finsternis auf Finsternis, bis ich in ihr versank.

Ich bin die Zeit. Und meine Zeit ist mir teuer. Und in meiner Zeit besteht nichts außer mir. Und ich bin im Recht.

Erstaunlich, ein Tag von solcher Helligkeit, und keiner, der ihn zu sehen vermöchte, und eine Tat von solcher Hochherzigkeit, und keiner, der sie zu empfangen wüßte. Nicht das Gelingen zeichnet die Arbeit aus, sondern ihre Annahme.

Zwei Sonnen gibt es: eine scheint auf die Welt, die andere auf die Seele. Jene, die auf die Welt scheint, vertreibt die Finsternis, die andere, die auf die Seele scheint, vertreibt die Furcht. Wenn die eine aufgeht, vergehen die Himmelskörper, wenn die andere aufgeht, vergehen die Fesseln. Doch die Sonne ist unteilbar in ihrer Helligkeit; weder gebührt sie den Leuten, noch sind diese ihrer würdig. Jeder wird im Maße seines Ranges ihrer teilhaftig. Der, der sich am Anschaun durch das eigene Auge erfreut, wird mit dem Anblick der Sonne belohnt; der, den es erfreut, daß die Sonne ihn betrachtet, wird mit dem ewigen Blick erfreut.

Tränen gibt es in der Trennung, die sind aus Blut und Wasser, und Tränen gibt es in der Vereinigung, die sind der Schweiß der reinen Seele.

Einer sagte: Da es doch niemand sieht, für wen sollte ich es tun? Es wurde ihm erwidert: Du wirst gesehen, aber du bist Niemand, um jemand zu sehen.

Ein Kind sagte zu seiner Mutter in der Wildnis: Ich habe Angst in der dunklen Nacht, denn aus der Schwärze erscheint mir ein riesenhaftes Gespenst, vor dem ich mich fürchte. Die Mutter sagte: Sei nicht bange; wenn du jenes Gespenst siehst, dann greife es mutig an, und es wird sich zeigen, daß du es dir nur eingebildet hast. Das Kind sagte: O Mutter, wenn aber das Gespenst von seiner Mutter die gleiche Belehrung bekommt, was soll ich dann tun?

Zum Empfang eines Gastes befahl ein König seinen Untergebenen, je einen Becher in der Hand zu tragen, auch jenem Jüngling, der ihm besonders nahestand und dem er zugetan war. Als der König erschien, wurde der Jüngling vom Anblick des Königs derart ergriffen, daß ihm der Becher aus der Hand fiel und zerbrach. Als die anderen das sahen, meinten sie, daß sie seinem Beispiel folgen sollten, und warfen die Becher zu Boden. Der König frug rügend, warum sie das getan hätten, und sie antworteten ihm: Wir glaubten, daß es nur recht sei, zu tun, was jener tat, dem Eure Gunst gehört. Der König sagte: Ihr Toren, das tat nicht er, sondern ich! Zuwider habt ihr alle gehandelt, nur jenes Verschulden war lauterer Gehorsam.

Abusaid Abolchejr erzählt: Während unseres Studiums bei dem Gelehrten Buali in Serechs gelangten wir eines Tages in die Nähe des Stadttores, wo wir Loghman aus Serechs sahen, der sich auf einem Haufen von Asche niedergelassen hatte und damit beschäftigt war, einen Flicken an seinen Pelz zu nähen. Nun hatte Loghman, der zu den närrischen Weisen zählte, am Anfang große Anstrengungen auf sich genommen, um seine Leidenschaften zu bändigen, bis er plötzlich eine Entdeckung machte, die ihm seinen Geist raubte. Der Schejch bezeugte, daß Loghman am Anfang ein Mann der Strenggläubigkeit und vorbildlicher Geistlicher war, dann aber Umnachtung ihn befallen und seinen Zustand verändert habe. Man frug ihn: O Loghman, was hast du erfahren, und was erfährst du jetzt? Er antwortete: Je mehr ich diente, desto mehr wurde ich zum Dienst verpflichtet; da wurde ich ratlos, und ich rief: O Herr, die Könige geben ihre Leibeigenen, wenn sie alt sind, frei; du bist ein liebevoller König, ich bin in deinem Dienst alt geworden, gib auch mich frei! Er fuhr fort: Da vernahm ich einen Ruf mit diesen Worten: Loghman, ich habe dich befreit. – *Und das Zeichen seiner Befreiung war dies, daß er den gewöhnlichen Verstand von ihm nahm.* Unser Schejch wiederholte oft, daß Loghman ein wahrhaft Freier sei, den Gott von Gebot und Verbot erlöst hatte. Der Schejch sagte: Wir gingen zu ihm, und er nähte einen Flicken an seinen Pelz, und wir sahen ihm zu. – Und der Schejch stand so, daß sein Schatten auf den Pelz des Loghman fiel. Als er den Flicken auf den Pelz nähte, sagte er: O Abusaid, wir nähen dich mit diesem Flicken auf diesen Pelz.

Einst begegnete eine Wespe einer Ameise, die ein Weizenkorn nach Hause trug; und jenes Korn wurde auf den Kopf gestellt und mit ihm jene Ameise, die mit List und Ausdauer das Korn hinter sich herzog, während die Leute achtlos auf sie traten und sie entkräfteten und verzagen ließen. Jene Wespe sagte da zu der Ameise: Warum nimmst du für ein einziges Korn diese Mühsal und Not auf dich und erduldest für ein winziges Korn soviel Demütigung? Komm und laß dir zeigen, wie leicht ich meine Nahrung beschaffe und welche köstlichen Wohltaten mir ohne diese Mühsal zuteil werden und wie ich nur das Beste und Erlesenste wähle, das sich meinem Wunsche würdig erweist. – Und sie nahm die Ameise mit sich zum Laden eines Fleischers. Dort, wo das Fleisch am frischesten und saftigsten war, setzte sie sich nieder und sättigte sich an der Stelle, die am zartesten war, und sicherte sich ein Stück, um es mit sich zu nehmen, als der Metzger erschien, sein Messer hob und jene Wespe in zwei Hälften teilte. Und die Wespe fiel zu Boden, und die Ameise kam heran und nahm ein Bein von ihr und zog es hinter sich her und sagte: Jeder, der sich dort niederläßt, wohin er begehrte und das sein Ziel war, wird solchermaßen geschlagen, daß er Begehr und Wunsch zurücknehmen würde.

Der Mensch begehrt tausend Dinge. Auf verschiedene Weise sagt er: Mich gelüstet nach dieser und nach jener Speise. – Einmal will er Früchte, ein anderes Mal Datteln oder Gebäck. Diese Menge zeigt er vor und denkt stets daran, aber das Ganze ist unteilbar, und das ist der Hunger, und das ist eine Ganzheit.

Der Vogel, der sich auf jenem Berg niederließ und von ihm fortflog: Bedenke, was er jenem Berg ergänzte und was er ihm nahm.

Man frug ihn: Gibt es einen näheren Weg zur Wahrheit als das Gebet? Er antwortete: Wieder Gebet, aber das Gebet erschöpft sich nicht in diesen Äußerlichkeiten, diese sind die Gußform des Gebets, denn das Gebet ist ohne Anfang und Ende, und jedes Ding, das Anfang und Ende kennt, erschöpft sich in der Form.

Wenn auch der Geist uns stets zu Diensten stand, so war es doch unser Begehr, daß wir auch des Körpers angesichtig werden, denn dem Körper gebührt ebenfalls ein hoher Rang, ist er doch der Mittler zwischen Haut und Hirn. Und ohne ihre wechselseitige Bedingung gibt es kein Gedeihen, so wie ein Samenkorn, das du ohne Hülse säest, nicht aufgehen wird, indes aus einem unberührten Samenkorn ein gewaltiger Baum entsteht. Demnach ist die Kraft des Körpers ebenfalls ein mächtiger Umstand.

O Brüder der Wahrheit, streift eure Haut unbemerkt ab wie die Schlange; geht wie die Ameise geht, damit keiner den Gesang eures Schrittes vernehme; seid gewappnet wie der Skorpion, damit eure Waffe immer hinter euch sei, denn der Gegner greift rücklings an; kostet den Geschmack des Giftes, damit ihr heiter lebt; liebt den Tod, damit ihr lebendig bleibt; seid stets flugbereit und auf dem Weg, denn die Vögel, die im Nest bleiben, werden ins Garn gelockt; seid wie der Salamander, der sich dem Feuer preisgibt, damit ihr gefeit seid gegen morgiges Unheil; seid wie jenes Nachtgetier, das sich tags verbirgt, damit ihr vor Feinden verborgen bleibt.

Dort an der Gasse sitze ich, tanze, schüttle die Ärmel, winke mit den Händen. Du meinst, daß ich dir ein Zeichen gäbe? Nein, mein Freund, niemandem gilt mein Zeichen, dies ist nur meine Weise, die Ärmel zu schütteln!

Die Sehkraft, die dir anfangs verliehen wird, ist solcherart, daß dir nichts fremd erscheint, da alle Dinge gleichermaßen fremd sind. Weil dir aber nichts fremd erscheint, erfüllt dich alles mit Staunen. Und solange es noch etwas gibt, das dich verwundert, wird dir das Staunen niemals seine Schönheit zeigen.

Ein Mann bat Jesus, ihn den größten und mächtigsten Namen Gottes zu lehren. Jesus antwortete: Du bist nicht ausersehen, diesen Namen zu wissen, und würdest ihn nicht ertragen. Doch jener Mann gab nicht nach und beschwor Jesus so lange, bis dieser ihm den größten Namen erklärte. Als dieser Mann eines Tages an einer Grube vorbeikam, die mit Knochen angefüllt war, blieb er stehen und erwog, den größten Namen zu erproben. Alsdann rief er Gott mit diesem Namen an und betete, daß Er die Knochen auferstehen lasse. Kraft der Wirkung dieses Namens fügten sich die Knochen zusammen, und ein unbändiger Löwe sprang aus der Grube, schlug seine Pranken in den Mann, zerriß und verschlang ihn bis auf die Knochen, die er in die Grube warf.

Eines Tages war Ezrail bei einer Zusammenkunft Salomons zugegen. Ein Jüngling hielt sich ebenfalls dort auf. Ezrail sah ihn mit durchdringendem Blick an und verließ den Saal. Der Jüngling war entsetzt und bat Salomon, er möge den Wind beauftragen, ihn an einen fernen Ort zu bringen. Salomon gebot dem Wind, den Jüngling nach Indien zu tragen.

Bald darauf kam Ezrail wieder vor Salomons Thron. Salomon fragte ihn, warum er den Jüngling so durchdringend angeschaut habe. Ezrail erwiderte: Der Allmächtige hatte mich beauftragt, sein Leben innerhalb von drei Tagen in Indien zu ergreifen. Betroffen überlegte ich, wie es möglich wäre, in drei Tagen Indien zu erreichen. Ich hatte nicht an den Wind gedacht, der ihn dorthin trug, wo ich mich seiner bemächtigte.

Ein Wahnsinniger, dessen Geist vom Taumel göttlicher Liebe verwirrt worden war, verbrachte die Nacht vor der Tür der Kaaba in der Anrufung Gottes und rief: Wenn Du diese Tür nicht öffnest, werde ich so lange mit meinem Kopf daran schlagen, bis sie birst! Eine verborgene Stimme antwortete ihm: Im Inneren dieses Hauses befanden sich viele Götzen, die wir zerschlugen und hinauswarfen, was verschlägt's, wenn ein Götze von außen zerschlagen wird?

Einen Derwisch, der in Liebe zu der Tochter eines Kalifen entbrannt war und nicht abließ, um sie zu werben, gedachte man mit der Maßnahme zu entmutigen, den Ring des Kalifen in den Fluß Dejle zu werfen und die Erfüllung seines Wunsches an die Bedingung zu knüpfen, daß er den Ring aus dem Fluß zurückbringe. Der Derwisch fügte sich, nahm einen ausgehöhlten Kürbis, band ihn an einen Stock und begann damit das Wasser auszuschöpfen. Man fragte ihn, was er da tue. Er sagte: Ich will das Wasser ausschöpfen, bis das Flußbett trocken ist und ich den Ring finde. Sie erwiderten: Du Einfältiger, nie wirst du den Grund erreichen! Er antwortete: Zweierlei ist möglich: Entweder findet das Wasser ein Ende und ich erreiche mein Ziel, oder mein Leben findet ein Ende und befreit mich von den Fesseln, die mich von meiner Liebe trennen!

Man fragte Adam: Welche Zeit deines Lebens war die glücklichste? Er antwortete: Jene zweihundert Jahre, als ich auf einem nackten Stein saß und über den Verlust des Paradieses trauerte und weinte. Man fragte ihn nach dem Grund dafür. Er antwortete: Weil an jedem Tag in der Morgenfrühe Gabriel zu mir kam und sagte: der Allmächtige läßt dir Kenntnis geben: O Adam, klage, denn ich, der ich der Schöpfer bin, liebe deine Klagen!

In den Anfängen seiner Gottergebenheit pflegte Schebli dem, der den Namen Allahs aussprach, ein Zuckerstück in den Mund zu tun. Als er die höchste Stufe erreicht hatte, nahm er einen Stein und warf nach dem, der den Namen Allahs aussprach. Man fragte ihn: Schebli, was ist mit dir geschehen? Was bedeutete früher deine Huld und nun deine Härte? Er antwortete: Damals lebte ich in der Trennung, mein Ohr wurde vom Hören Seines Namens liebkost; nun bin ich vereint, und Sein Name ist jetzt Mühsal und Schrecken!

Anderntags wurde auf dem Marktplatz für den Sklavenkauf ein Gerüst errichtet, und man führte Joseph, der ein weißes Gewand trug und bekränzt war, auf das Gerüst zum Angebot. Jeder, der Reichtum und Vermögen besaß, eilte herbei, um ihn zu ersteigern. Auch ein altes Weib kam daher mit einem zusammengerollten Seil in der Hand. Man fragte sie: Wohin gehst du damit? Sie antwortete: Zum Kauf von Joseph. Sie sagten: Du Armselige, dort sind Schätze von Gold und Kostbarkeiten angehäuft, die sich zu überbieten suchen, was willst du mit dieser Habe ausrichten? Sie antwortete: Wenn ich ihn auch nicht erwerben kann, sehen kann ich ihn noch allemal!

Von allen erschaffenen Dingen ist Staub der demütigste Stoff; beständig dient er dem Schritt und, in die Luft geworfen, kehrt er zu seinem Ursprung zurück. Und nichts ist stolzer als das Feuer; wenn du es anzündest, strebt es empor. So sind die Eigenschaften des Staubes und des Feuers Demut und Stolz. Wenn Staub und Feuer im Widerstreit und Zwiespalt liegen, dann fällt das Reich des Feuers, und es bleibt der Staub.

Als man Halladj ans Kreuz band, um ihn hinzurichten, und seine Hände abschlug, hob er die Stümpfe an sein Gesicht und färbte seine Wangen mit dem Blut, alsdann färbte er auch seine Arme mit dem Blut. Man fragte ihn, was diese Handlung zu bedeuten habe. Er antwortete: Das ist die Waschung vor dem Gebet. Sie antworteten ihm, eine Waschung mit Blut sei nicht zulässig, und das Gebet würde ungültig sein. Halladj erwiderte: Wenn die Liebenden sich auf das Gebet der Liebe vorbereiten, dulden sie keine andere Waschung als die mit Blut!

Als einmal in einem Teil Bagdads ein Feuer ausbrach, sah man eine Greisin mit einem Stecken in der Hand, die gleichmütig in Richtung der Feuersbrunst ging. Man rief ihr zu, sie möge ihren Weg nicht fortsetzen, denn auch ihr Haus stehe in Flammen. Sie erwiderte: Gott verschont mein Haus vor den Flammen. Als der Brand gelöscht war und viele Häuser niedergebrannt, das Haus der Greisin aber unversehrt geblieben war, fragte man sie, woher sie das gewußt habe. Sie sagte: Es ist schon lange, daß mein Herz in Asche liegt, und es gibt eine Gerechtigkeit, die nicht zuläßt, daß unser Herz und unser Haus zur gleichen Zeit zerstört werden.

Majnun wurde gefragt, wie alt er sei. Er antwortete: Tausendundvierzig Jahre. Verwirrt meinte der Frager, ob er denn vollends den Verstand verloren habe. Majnun antwortete: In meinem ganzen Leben war es nur ein Atemzug, den ich mit Lejli teilte, und der dauerte tausend Jahre, indessen vierzig Jahre seit meiner Geburt verstrichen sind.

Ein Wahnsinniger sprach immerfort mit sich selbst, leise, als wär's ein Geheimnis. Einer, der seine Worte erlauschte, vernahm dies: O Gott, wir lebten eine Zeitlang gemeinsam in einem Haus, aber jetzt sehe ich, daß dieses Haus zu eng für uns beide geworden ist, und darum habe ich es verlassen, damit du dort allein wohnen mögest.

Schejch Schibab al-Din Sohrwardi

Die Worte der Ameisen

1

Einige Ameisen krochen aus dem Dunkel ihres Baus und strebten der Wildnis zu, um Nahrung zu suchen. Auf ihrem Weg kamen sie an Zweigen vorbei, auf denen, da es in der Morgenstunde war, Tau lag. Sie fragten einander, was dies wohl sei. Einige meinten, sein Ursprung sei die Erde, andere, das Meer. Doch konnten sie sich nicht einigen. Eine Ameise unter ihnen sagte: Wartet einige Augenblicke, damit wir die Richtung seiner Zuneigung erkennen, denn jeden zieht es an den Ort seiner Herkunft zurück. Seht ihr nicht, daß der Stein, der in die Luft geworfen wird, zur Erde wiederkehrt, weil sie sein Ursprung ist; alles, was in die Dunkelheit mündet, ist auch aus ihr hervorgegangen, alles, was Helligkeit ist, ist ganz aus Licht.
Die Ameisen waren zu diesem Schluß gelangt, als die Strahlen der Sonne stärker wurden und der Tau sich sonnenwärts erhob.

2

Es trug sich zu, daß ein Wiedehopf auf seinem Flug am Aufenthaltsort der Eulen sich zur Rast niederließ. Dieser Vogel ist berühmt ob seiner Scharfäugigkeit, während die Eulen tags nicht sehen können.
Der Wiedehopf verbrachte die Nacht bei den Eulen, die ihn bewirteten und ausfragten. Am nächsten Morgen wollte der Wiedehopf weiterfliegen. Da sagten die Eulen: Du Armseliger, was ist das für ein Brauch, den du einführen willst? Hat

man schon jemals gesehen, daß einer tagsüber fliegt? Der Wiedehopf sagte: Welch einem Märchen seid ihr aufgesessen? Alle Bewegung geschieht bei Tag! – Bist du von Sinnen, sagten die Eulen, wer könnte in der Finsternis des Tages, in der die Sonne dunkel aufgeht, etwas sehen? Der Wiedehopf erwiderte: Ihr müßt nicht alles mit euch vergleichen; andere sehen bei Tag, wie auch ich, denn ich lebe in der Welt der Klarheit und sehe die Dinge ohne Schleier.

Der Bescheid des Wiedehopfes stiftete große Verwirrung unter den Eulen. Sie sagten: Dieser Vogel brüstet sich, am Tag, welcher der Maßstab der Blindheit ist, sehen zu können. Dann fielen sie mit ihren Schnäbeln und Krallen über ihn her und bedrängten ihn von allen Seiten, wobei sie riefen: O Tagseher!

Ihnen erschien Blindheit als die höchste Fähigkeit, und sie sagten: Wir werden dich töten, wenn du nicht wiederkehrst. Der Wiedehopf, der sein Leben sowie sein Augenlicht solcherart bedroht sah, verstellte sich, schloß die Augen und sagte: Jetzt bin ich wie euresgleichen geworden.

3

Ein Narr nahm eine Lampe und hielt sie gegen die Sonne. Da rief er: O Mutter, die Sonne hat unsere Lampe unsichtbar gemacht!

Da wurde ihm gesagt: Wenn man die Lampe aus dem Haus trägt, vor die Sonne gar, erscheint sie nichtig; nicht daß ihr Licht ausgelöscht würde, aber wenn das Auge Ungeheures sah, erscheint Kleines ihm gegenüber gering.

Wer aus der Sonne ins Haus tritt, sei es auch innen hell, sieht nichts.

Der purpurne Erzengel

Gelobt sei der Herrscher, dem die Königreiche dieser und jener Welt gehören; dem alle, die je waren, ihr Sein verdanken; dem alle Lebenden, die bestehen, ihr Sein verdanken; dem alle Künftigen, die je sein werden, ihr Sein verdanken. Er, der der Anfang und das Ende ist, das Innen und das Außen und allwissend. Gesegnet seien Seine Boten, die Er den Menschen sandte, vor allen Mohammed, der die Propheten abschloß, gegrüßt seien seine Jünger und die Freunde der Religion.
Ein Freund frug mich, ob die Vögel ihre Sprache untereinander verstehen. Ja, versicherte ich ihm, sie tun es. – Und woher hast du das erfahren? fuhr er fort. – Im Anfang, sagte ich, als der Schöpfer meine ursprüngliche Gestalt aus dem Nichts sichtbar machte, schuf er mich in Form eines Falken, und in jener Gegend, in der ich beheimatet war, gab es auch andere Falken, und wir konnten uns verstehen und miteinander sprechen. – Und wie gelangtest du aus jenem Zustand in diese Lage? frug er weiter. Eines Tages, erklärte ich ihm, stellten die Jäger des Schicksals die Schlinge der Vorsehung auf, streuten in ihr die Körner der Ergebenheit aus und fingen mich auf diese Weise. Dann brachten sie mich aus jener Gegend, in der wir unsere Nester hatten, in eine andere Gegend. Alsdann verbanden sie mir die Augen, legten mich in Ketten und ließen mich von zehn Hartschieren bewachen. Dieser Wirrsal wurde ich überlassen, so daß ich meinen Ursprung, meine Heimat und sogar mein Selbst vergaß; und ich wähnte, immer schon so gewesen zu sein.
Nach einiger Zeit nahmen sie die Dunkelheit der Binde von meinen Augen, aber nur spaltweit, und ich sah durch die mir

gewährte Lücke auf Dinge, die ich vorher nie erblickt hatte und die mich schier verwunderten. Bis sie schließlich jeden Tag die Sicht meiner Augen vergrößerten, und ich Gegenstände wahrnahm, die mich befremdeten. Endlich öffneten sie meine Augen ganz und zeigten mir die Welt in der Beschaffenheit, in der sie ist.

Ich sah auf die Fesseln, die man mir angelegt hatte, und auf die Wächter, und ich sagte mir, daß ich wohl niemals von diesen Fesseln befreit werden und meine Flügel ausbreiten würde, um für einen Augenblick aller Bande ledig in der Luft zu fliegen, solange die Wächter sich nicht abwendeten. Endlich jedoch konnte ich einmal meine Wächter der Unachtsamkeit überführen; ich machte mir diese Gelegenheit zunutze, versteckte mich in einem Winkel, und hinkend an meinen Fesseln, suchte ich das Weite.

Dort, in der Steppe, sah ich einen Wanderer. Ich ging ihm entgegen und grüßte ihn, und mein Gruß wurde ehrerbietig erwidert. Da sein Haar und Bartwuchs rot waren, glaubte ich, er sei jung und sagte: O Jüngling, woher kommst du? Er antwortete: Mein Kind, deine Anrede ist falsch, ich bin der erste Sohn der Schöpfung, und du nennst mich jung? – Wie kommt es aber, daß dein Haar nicht weiß ist? frug ich. In Wirklichkeit, sagte er, ist mein Haar weiß, und ich bin ein lichter Greis, doch jener, der dich in die Falle lockte und dir diese Fesseln anlegte und dich bewachen ließ, hat mich vor langer Zeit in einen schwarzen Schacht geworfen; meine Farbe rührt daher, sonst bin ich weiß und licht, aber jegliches dem Licht zugehörige Weiß färbt sich purpurn, wenn es sich mit der Schwärze vermischt, wie das Licht der Abend- und Morgendämmerung, das weiß und der Sonne zugehörig ist und dessen eine Seite der Helligkeit, indes die andere der Dunkelheit zugekehrt ist und darum purpurn erscheint. Und auch die Scheibe des aufgehenden Vollmondes, dessen Licht geliehen ist, obgleich er selbst die Fähigkeit des Lichts besitzt, erscheint rot, und ein Teil von ihm ist dem Tag und der andere Teil der Nacht zugekehrt; desgleichen besitzt die Lampe die gleiche Eigenschaft: Unten, wo die Asche ist, ist sie weiß, und oben, wo der Rauch blakt, schwarz, dazwischen, wo die Glut ist, erscheint sie rot; und solcher Beispiele gibt es noch viele.

Nach diesem Bericht frug ich erneut: O Weiser, woher kommst du? – Meine Heimat, sagte er, liegt hinter dem Berge Kaf, wo auch du einstmals dein Nest hattest, aber es entschwand deinen Sinnen. – Was tatest du dort? begehrte ich zu wissen. Ich bin ein Wanderer, der durch die Welt zieht, um ihre Wunder zu sehen. Welche hast du bisher gesehen? fragte ich. Sieben Wunder habe ich gesehen, sagte er, und er zählte sie mir auf. Zuerst das Kafgebirge, das unsere Heimstatt ist, dann den Edelstein, der die Nacht erleuchtet, drittens den Tubabaum, viertens die zwölf Werkstätten, fünftens die Rüstung Davids, sechstens das Zauberschwert und siebtens das Lebenswasser. Und ich bat ihn, mir von diesen Dingen zu erzählen. Das Kafgebirge, fuhr er fort, umschließt die Welt und besteht aus elf Bergen, und du wirst dorthin zurückkehren, wenn du von diesen Fesseln befreit sein wirst, denn dein Ursprung ist dort, und alles kehrt an den Ort zurück, woher es stammt. – Und wie finde ich den Weg dorthin? frug ich ihn. Dies ist eine beschwerliche Reise, sagte er. Zwei Berge sind zunächst zu überwinden, der eine liegt in der Zone der größten Glut, der andere in der Zone des Eises. – Wäre es dann nicht ratsam, sagte ich, den Berg, der in der Zone der Glut liegt, im Winter zu überschreiten und den, der in der Zone der Kälte liegt, im Sommer? – Du verrechnest dich, sagte er, denn in jenen Breiten ist das Klima unveränderlich. – Wie lange dauert die Reise? frug ich. Wie weit du auch gehst, sagte er, du kehrst doch immer wieder zum Ausgangspunkt zurück; so wie ein Zirkel, dessen einer Schenkel in der Mitte ruht, während der andere Schenkel, so viel er sich auch auf der Linie drehen mag, zum Anfangspunkt zurückkehrt. – Kann man, frug ich ihn, einen Durchgang in diese Berge bohren? – Auch das ist nicht möglich, sagte er, aber wer die Gabe der Einsicht besitzt, kann sie in einem einzigen Augenblick ohne Hilfsmittel überschreiten, so wie ein Tropfen Balsamöl genügt, die in der Sonne erwärmte Handfläche zu durchdringen kraft der Fähigkeit, die ihm innewohnt. Wenn du dir also jene Fähigkeit erwirbst, kannst du den Berg in einem einzigen Augenblick überqueren. – Wie kann man, frug ich ihn, diese Befähigung erringen? – Du wirst es, sagte er, wenn du aufmerksam bist, aus meiner Rede erfahren. – Wird, wenn ich diese Berge passiert habe, der Rest leicht zu bewältigen sein? frug ich ihn. Ja, sagte er, der Rest wird leicht sein, aber nur für den Wissenden. Einige bleiben immerfort im Kreis dieser zwei Berge eingeschlossen, andere gelangen zum dritten Berg und verharren dort, wieder andere erreichen den vierten, fünften und sechsten Berg und so bis zum elften Berg. Der Vogel, der seinen Scharfsinn klüger anwendet, kommt am weitesten.

Nun, da du mir vom Kafgebirge erzählt hast, sagte ich, erzähl mir vom Edelstein, der die Nacht erleuchtet. – Dieser Edelstein, sagte er, befindet sich gleichfalls im Kafgebirge, aber im dritten Berg, und seine Gegenwart erhellt die dunkelste Nacht, doch sein Zustand ist nicht gleich; sein Licht stammt vom Tubabaum und vermindert und steigert sich, je nach der Stellung, die er einnimmt; je näher er dem Baum rückt, desto dunkler ist die Seite, die dir zugekehrt ist, während die dem Baum zugekehrte Innenseite stärker leuchtet.

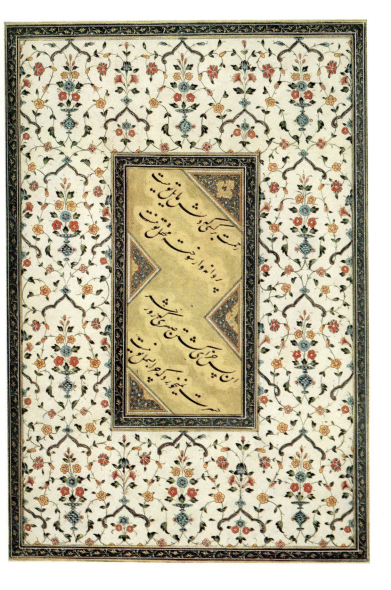

Danach frug ich den Weisen, welcher Art der Tubabaum sei und wo er sich befinde. Der Tubabaum, sagte er, ist ein gewaltiger Baum, und jeder, der himmlischer Abkunft ist, erblickt ihn, wenn er das Paradies betritt, und zwischen den elf Bergen, von denen ich dir berichtete, ist ein Berg, auf dem er emporragt. – Trägt er auch Früchte? frug ich ihn. Alle Früchte, die du in der Welt siehst, findest du auf jenem Baum, und alle Früchte, die du kennst, stammen von ihm. Wenn jener Baum nicht wüchse, gäbe es weder Bäume noch Pflanzen, noch Kräuter. – Welche Beziehung, frug ich ihn, haben die Pflanzen und Früchte und Kräuter mit diesem Baum? – Der Vogel Simurg, sagte er, nistet im Wipfel des Tubabaums; früh am Morgen verläßt er sein Nest und breitet seine Federn auf der Erde aus. Es ist der Schatten seiner Flügel, der die Früchte auf den Bäumen und die Kräuter auf der Erde spendet. – Ich hörte, sagte ich dem Weisen, daß Saal von Simurg aufgezogen wurde und Rostam mit Hilfe Simurgs seinen Gegner Esfandiar im Zweikampf tötete. – Ja, sagte der Weise, das ist richtig. – Wie ging das zu? frug ich. Als Saal geboren wurde, sagte er, hatte er weiße Haare und eine weiße Haut. Sein Vater, den der Anblick befremdete, meinte, sein Sohn sei entstellt, und befahl, ihn in der Wildnis auszusetzen, und seine Mutter, die nach qualvoller Entbindung das abschreckende Kind sah, erhob keinen Einspruch. Es war im Winter, und keiner glaubte, daß er in der bitteren Kälte überleben werde. Nach einigen Tagen genas seine Mutter von den Schmerzen der Niederkunft, und die Liebe zu ihrem Kind erwachte in ihrem Herzen. Da sagte sie sich, ich muß zu meinem Sohn in die Wildnis gehen und sehen, welches Los ihm zugefallen ist, und sei's auch zum letzten Mal. In der Wildnis fand sie schließlich ihr Kind, und der Vogel Simurg hatte seine Fittiche schützend über den Findling gebreitet.

Als Saal seine Mutter sah, lächelte er, und seine Mutter nahm ihn in den Arm und stillte ihn. Ehe sie nach Hause ging, wollte sie herausfinden, wie es geschah, daß Saal die Gefahren der Wildnis überstanden hatte; sie legte ihn wieder unter die Flügel Simurgs und versteckte sich in der Nähe.

Als es Nacht wurde und die Dunkelheit den Vogel Simurg vertrieb, kam eine Gazelle zu Saal und säugte ihn; nachdem sie Saal gestillt hatte, lagerte sie sich ihm zu Häupten, daß ihm kein Leid geschähe. Nun sah Saals Mutter, wie es zugegangen war, daß ihr Sohn überlebt hatte; sie kam aus ihrem Versteck hervor, nahm ihren Sohn aus der Obhut der Gazelle und trug ihn nach Hause. – Welcher Zauber war am Werk, frug ich den Weisen, daß Saal dieses Geschick widerfuhr. – Darüber habe ich den Vogel Simurg befragt, antwortete der Weise, und Simurg sagte: Saal ist unter dem Schutze des Tubabaums geboren und das Verderben von ihm abgewendet worden; wir mußten dem Jäger ein Gazellenjunges opfern und gaben der Mutter an seiner Statt Saal, damit sie sich seiner erbarme und ihn pflege und säuge des Nachts, und tagsüber nahm ich ihn unter meine Flügel.

Und was geschah mit Rostam und Esfandiar? frug ich den Weisen. Rostam, erwiderte er, scheiterte an seinem Gegner Esfandiar und zog sich erschöpft zurück. Sein Vater Saal bat den Vogel Simurg um seinen Beistand; nun besitzt der Vogel Simurg die Eigenschaft der Sonne, so daß ein Spiegel oder ähnlicher Gegenstand, den man ihm gegenüberhält, den Betrachtenden blendet. Saal schmiedete darum eine Rüstung aus Eisen, die blinkend war vom Scheitel bis zum Fuß, und legte sie Rostam an, und an sein Pferd befestigte er einen blanken Spiegel. Dann führte er Rostam auf den Kampfplatz, gerade gegenüber dem Vogel Simurg. Esfandiar mußte sich Rostam stellen, und als er sich ihm näherte, fie-

len die Strahlen des Vogels Simurg auf Spiegel und Rüstung, und Esfandiar wurde von ihrem Widerschein geblendet. Er sah nichts mehr und glaubte, seine Augen seien verwundet worden; von diesem Schrecken getroffen, sank er vom Pferd und wurde von Rostam überwältigt. Man möchte meinen, daß jener gegabelte Pfeil, von dem berichtet wird, zwei Federn des Vogels Simurg waren. Ich frug den Weisen, ob es wahr sei, daß es nur einen Vogel Simurg auf der Welt gab.
Jene, die unwissend sind, meinen das, erwiderte er; tatsächlich fliegt der Vogel Simurg in jedem Zeitraum vom Tubabaum auf die Erde, und jener Vogel, der sich auf der Erde befand, zerfällt. *Nichts würde bestehen, wenn nicht in jedem Zeitabschnitt der Vogel Simurg sich erneuerte.* Und während der Vogel Simurg sich der Erde nähert, fliegt er gleichzeitig vom Tubabaum in Richtung der zwölf Werkstätten. – Was für eine Bewandtnis hat es mit diesen zwölf Werkstätten, frug ich den Weisen. Zuerst mußt du wissen, sagte er, daß unser König, als er sein Königreich bebauen wollte, unser Gebiet bestellen ließ. Dann nahm er uns in Dienst, und wir erbauten zwölf Werkstätten, in deren jede er einige Lehrlinge befahl. Die Lehrlinge erhielten den Auftrag, unter den zwölf Werkstätten eine neue Werkstatt zu bauen, die er einem Meister anvertraute. Dieser Meister wurde ermächtigt, unter dieser Werkstatt wieder eine andere zu erbauen, die er einem anderen Meister anvertraute. Und so ließ er unter jeder Werkstatt eine andere erbauen und beschickte jede mit einem Meister, bis sieben Werkstätten übereinander errichtet waren. Schließlich beschenkte er die Lehrlinge der zwölf Werkstätten je mit einem Ehrenkleid, auch die Meister bekamen je ein Ehrenkleid und überdies zwei von den zwölf Werkstätten; nur den vierten Meister beschenkte er reicher, dafür gab er

ihm nur eine Werkstatt, gebot ihm aber die Überwachung der zwölf Werkstätten.

Der fünfte und sechste Meister, sowie der erste, zweite und dritte Meister erhielten gleiche Teile. Als die Reihe an den siebenten Meister kam, blieb von den zwölf Werkstätten nur noch eine übrig, die er ihm geben konnte; auch hatte er kein Ehrenkleid mehr zu vergeben, so daß der siebente Meister sich über die ungerechte Verteilung beklagte. Darum erließ er den Befehl, unter seiner Werkstatt zwei Werkstätten zu erbauen, und erteilte ihm die Vollmacht darüber; ferner ließ er unter allen Werkstätten Felder anlegen, die dem siebenten Meister zur Pacht übergeben wurden, desgleichen wurde festgelegt, daß von dem Ertrag des vierten Meisters immer ein kleiner Teil dem siebenten Meister abzutreten sei. Freilich änderte sich in jedem Zeitraum ihr Lohn sowie ihre Stellung, ähnlich dem Wandel Simurgs, von dem wir sprachen.

O Weiser, frug ich ihn, was wird in diesen Werkstätten gewoben? – Vornehmlich Goldbrokat, sagte er, und alles, was man sich überhaupt nur vorstellen kann, auch der Brustharnisch Davids, wurde dort gewoben. – O Weiser, frug ich ihn, was ist das für ein Harnisch. – Dieser Harnisch, sagte er, bezeigt sich in diesen gegensätzlichen Ketten, mit denen man dich gefesselt hat. – Wie ist das zu verstehen, frug ich ihn. In je drei Werkstätten von den zwölf Werkstätten, sagte er, wird ein Kettenglied geschmiedet; dann werden die vier Kettenglieder dem siebenten Meister zur Prüfung geschickt, der sie lange Zeit auf dem Feld läßt, ohne sie ihrem Zweck entgegenzuführen. Erst dann werden die Glieder unauflöslich verkettet und sind tauglich, einen Falken wie dich in Bande zu schlagen, und jener Harnisch wird über dich gestreift und vollendet sich an deiner Brust. Ich frug den Weisen, aus wieviel Gliedern der Panzer bestehe. – Wenn man sagen könnte, wieviel Tropfen das Meer faßt, erwiderte er, dann könnte man auch die Glieder zählen, die der Panzer hat. – Wie kann man, frug ich den Weisen, dieser Rüstung entgehen. – Durch das Zauberschwert, erwiderte er. Und wo findet man das Zauberschwert, frug ich. In unserem Gebiet, sagte er, gibt es einen Henker, der mit diesem Schwert richtet, und es ist festgesetzt, daß jedes Panzerhemd, das seinem Träger eine bestimmte Zeit gedient hat, nach abgelaufener Frist von jenem Henker mit dem Zauberschwert zerteilt wird, so daß alle Glieder auseinanderfallen. – Müssen alle, die dieses Panzerhemd tragen, die gleiche Pein erdulden, oder gibt es da Unterschiede? frug ich. Es gibt Unterschiede, sagte er. Einige erleiden solche Qual, daß kein Mensch sich solche Not vorzustellen vermag, wenn er auch hundert Jahre lebte und alle erdenklichen Marter erkundet hätte. Für andere ist es leichter. – O Weiser, frug ich ihn, was soll ich tun, um jenen Schmerz zu mildern? – Du mußt, sagte er, den *Quell des Lebens* finden und deinen Körper mit dem Wasser jener Quelle netzen, bis das Panzerhemd von deinem Körper fällt und du gefeit bist vor der Wunde, die das Schwert schlägt. – Wo, frug ich den Weisen, entspringt der Quell des Lebens? – In der Finsternis, erwiderte er. Wenn du sie finden willst, dann rüste dich zum Aufbruch und nimm wie Elias den Weg des Gottvertrauens, bis du die Finsternis erreichst.

In welcher Richtung liegt der Weg, frug ich ihn. Solange du unterwegs bist, wirst du dich dem Ziel nähern, welche Richtung du auch einschlägst. – Was ist das Merkmal der Finsternis? frug ich ihn. Die Schwärze, sagte er; du befindest dich selbst in der Finsternis und weißt es nicht. Wer diesen Weg geht und sich in der Finsternis sieht, erkennt, daß er sich vorher in der Finsternis befand und niemals das Licht erblickt hat. Diese Erkenntnis ist die Bedingung für die Wanderschaft, und von hier aus kann der Wandernde einen Fortgang erhoffen; wer diesen Stand erlangt, dem ist es möglich, sich von diesem Ort aus zu vervollkommnen. Jene, die den Quell des Lebens suchen, erliegen vielen Irreführungen in der Dunkelheit, doch wer von der Quelle stammt, findet schließlich nach der Dunkelheit das Licht. Demnach ist die Dunkelheit nicht von der Helligkeit zu trennen, denn die Helligkeit ist das Himmelslicht über der Quelle des Lebens; wer sich mit dem Wasser jener Quelle tauft, ist vor dem Zauberschwert gefeit. Wer sich mit dem Wasser jener Quelle tauft, ist vor Täuschungen bewahrt.

Wer das Wesen der Wahrheit versteht, findet jene Quelle; von der Quelle gereinigt, erwirbt er die *Fähigkeit des Balsamöls, von dem ein Tropfen die in die Sonne gehaltene Handfläche durchdringt und auf der Rückseite der Hand erscheint.*

Wenn du aufbrichst wie Elias mit Zuversicht, wirst du das Kafgebirge mühelos überqueren.

Als ich meinem lieben Freund dieses Abenteuer erzählt hatte, sagte er: Du selbst bist jener Falke, der, obgleich in der Schlinge, das Wild schlägt. Nimm nun mich zur Beute, denn ich bin kein schlechtes Wild.

> Ich bin jener Falke,
> den die Jäger der Welt
> allezeit begehren,
> die schwarzäugigen Gazellen
> sind mein Wild,
> aus deren Augen die Wahrheit
> als Träne niederfällt.

Dschalal-ed-din Rumi

Vernimm, was das Rohr erzählt

Vernimm, was das Schilfrohr erzählt,
wie es über die Trennung klagt:
»Seit ich vom Ried geschnitten ward,
beweinen Männer und Frauen meine Klage.
Ich will ein Herz, von Trennung wund,
dem ich meine Sehnsucht offenbaren kann.
Jeder, der von seinem Ursprung entfernt bleibt,
sehnt die Zeit der Vereinigung zurück.
In jeder Gesellschaft hab' ich kundgetan mein Leid,
mit Freudigen und Elenden habe ich mich vermählt.
Jeder ward mein Gefährte nach seinem Ermessen,
keiner suchte nach dem Geheimnis in meinem Innern.
Mein Geheimnis ist nicht fern von meiner Klage,
doch Aug' und Ohr mangelt es an jenem Licht.
Der Körper verschleiert nicht die Seele,
und diese trennt vom Körper nicht,
doch keinem ist gewährt, die Seele zu schauen.«
Der Klang des Rohrs ist Feuer und kein Wind:
Wer dieses Feuer nicht hat, werde zunichte.
Es ist das Feuer der Liebe, das in das Schilfrohr fiel,
es ist die Glut der Liebe, die beigemischt dem Wein.
Das Rohr ist der Gefährte dessen,
der vom Geliebten getrennt,
ihre Weisen durchdringen unsere Herzen.
Wer sah, wie das Rohr, ein Gift und Gegengift?
Wer sah, wie das Rohr, einen Liebenden, der inniger wäre?
Das Rohr erzählt vom Weg, der voll Bitterkeit,

es berichtet die Legende von Majnuns Leidenschaft.
Dies Wissen wird nur dem Berauschten anvertraut:
Die Zunge hat keinen anderen Käufer als das Ohr.
Im Leid sind unsere Tage vergangen,
die Tage wurden Weggenossen der Qualen.
Wenn unsere Tage entschwanden, laß sie ziehn,
bleibe du, dem keiner an Lauterkeit gleicht!
Wär ich verbunden mit dem,
der mit mir im Gleichklang atmet,
würde ich, dem Rohr gleich, manche Kunde berichten.
Doch wer getrennt ist von dem,
der seine Sprache spricht,
verstummt, auch wenn er tausend Lieder weiß.
Der Geliebte ist alles, der Liebende ein Schleier nur,
der Geliebte lebt, der Liebende ein Schatten nur.
Wenn Liebe ihm die Gunst verweigert, weh,
dann gleicht er dem Vogel ohne Schwingen.
Wie könnt' ich erkennen, was vor und hinter mir liegt,
wenn das Licht des Geliebten nicht den Weg erhellt.
Liebe will, daß dieses Wort verkündet sei,
wenn der Spiegel nicht widerspiegelt, was ist er dann?
Weißt du, warum dein Spiegel glanzlos ist?
Weil sein Antlitz nicht frei ist von Rost.
O meine Freunde, lauscht dieser Erzählung:
In Wahrheit ist sie das Mark unseres inneren Lebens.

(Aus dem Prolog zum Mesnawi)

Ein Vogel oben

Ein Vogel oben
in den Lüften fliegt,
sein Schatten zieht mit ihm
über den Staub dahin.
Ein Tor nach dem Schatten
jenes Vogels jagt,
vergebens hastend,
sendet er dem Schatten
seine Pfeile nach.
So wird sein Köcher
unwiderruflich leer,
leer ward des Lebens Köcher,
das Leben entschwand
in der erpichten Jagd
nach dem Schatten.

(Auszug)

An einem Bach

An einem Bach eine hohe Mauer stand,
ein Verzweifelter auf der Mauer saß,
die Mauer hielt ihn ab vom Wasser,
wie ein Fisch lechzte er nach dem Wasser.
Da warf er plötzlich
einen Ziegel ins Wasser,
die Stimme des Wassers rief ihm zu:
He du! Was nützt es dir,
wenn du mich mit Ziegeln bewirfst?
Der Durstige antwortete:
O Flut, zweierlei Gewinn
habe ich davon
(ich werde nicht ablassen
von diesem Tun),
der erste Nutzen ist das Hören
der Stimme des Wassers,
die dem Durstigen wie Harfenklang,
der andere Nutzen ist der,
daß jeder Ziegel, den ich werfe,
mich näherbringt der strömenden Flut.

(Auszug)

Farid-ed-din Attar

Alles, was ich mein nenn'

Alles, was ich mein nenn', will ich vergeben,
blindlings dem Weltall mich anvertrauen.
Mit der Schale Djams in meinen Händen
will ich das verborgene Lebenswasser suchen!
Dem Nirgendwo will ich anlegen
den Sattel meiner Leidenschaft und meines Wagemuts!
Wenn die Karawane der Liebe
sich zum Aufbruch rüstet,
will ich vor ihr auf dem Wege sein.
Mein Leben breite ich morgengleich
über die Welt:
Ich will wie eine Kerze für alle brennen.
Wenn ich den Schritt vom Körper losgekauft,
will ich von der Erde zum Himmel schreiten.
Auf dem Bazar der Liebe gibt es keinen Gewinn,
drum habe ich alles auf den Verlust gesetzt.
Ich bin der Vogel der Begeisterung,
des Käfigs müde, in Richtung meines Nestes
will ich fliegen.
Damit ich nicht meines Daseins Leid verkünde,
will ich das Siegel der Vereinigung
auf die Lippen drücken.
Mit der Zunge Farid-ed-dins,
die Kleinodien austeilt, will ich euch einen Schatz,
der ewig dauert, weisen.

Ich ersehnte jenen

Ich ersehnte jenen, der von meinem Herzen
Besitz ergreife. Was ich besaß, mein Schatten-
dasein, gab ich dafür hin.
Tausend Ernten teilen mir die Welten aus
für die Fügung seiner Liebe, die ich abzubüßen.
Bei jedem Atemzug entsteht nun eine neue Welt,
seit mich die Liebe den Gleichtakt
mit seinem Atem lehrte.
Ein Himmel wär' vor meinen Blicken ausgespannt,
dürfte ich sein sonnengleiches Antlitz schauen.
Aber da ich keine Helligkeit gewahrte,
verstummte ich, gefesselt war die Zunge!
Lange meinte ich, du hättest mir einen Beweis
gegeben, das Los mir zugesprochen,
mit dir vereint zu sein.
Doch als ich sah, daß alles Täuschung war,
blieb mir nichts als Wahn und Selbstbetrug.
Ach, von deinem Scheitel wäre ein jedes Haar
mir ein Märchen bis zur Ewigkeit!
Mit einem Herzen voller Gram wurde ich begraben,
da ich meines Herzens Gram verbarg.
Ich wollte meines Weges Leid verbergen,
doch jede Träne wurde mir ein kundiger Deuter.
Als ich sah, daß ich für deinen Dienst nicht tauge,
war verdunkelt mein Leben alle Zeit.
Meine Adern und Knochen sind ein Instrument,
auf dem die Trauer spielt und Wellen schlägt.
Jedes Haar, das Attar auf dem Körper trägt,
schreit laut auf in Jammer und in Not.

Mich gelüstet, heute nacht

Mich gelüstet, heute nacht, halb berauscht,
tanzend und den Weinkrug in der Hand,
auf den Markt der Derwische zu ziehen,
dort in einer Stunde all den Bestand zu verspielen.
Bis wann soll ich mich der Heuchelei verdingen,
bis wann soll ich in der Burg der Selbstsucht bleiben!
Der Schleier der Eigenliebe muß zerrissen werden,
der Betrug der Reue muß zerschlagen werden.
Es ist Zeit, daß ich mich befreie,
wie lange soll ich noch die Ketten tragen!
Ihr Schenken, bringt den belebenden Wein,
wohlan, da mein Herz erwachte
und der Wein obsiegte:
Laß du den Becher in der Runde kreisen,
bis wir beherzt das Weltrad uns unterwerfen,
bis wir die Kutte Jupiters zerreißen,
Venus bis zum Jüngsten Gericht
uns zu Diensten zwingen:
Damit, wie Attar, keine Richtung uns beschränkt
und ohne Richtung tanzend
wir dem Urbeginn entspringen.

Schejch Musled-din Sadi

O Vogel der Frühe

O Vogel der Frühe,
vom Falter lern' die Liebe;
Denn jener verbrannte an der Flamme
und gab sein Leben klaglos hin.
Diese Verblendeten sind ohne Kunde
auf der Suche nach ihm;
denn jener, der uns Nachricht brachte,
kam nicht zurück.
O du, höher als alle Vorstellung,
Vermutung, Berechnung und aller Wahn,
höher als alles, was berichtet wurde,
was wir vernahmen und gelesen haben:
Die Zusammenkunft ist abgeschlossen,
und das Leben geht zu Ende,
indes wir immer noch
am Anfang deiner Beschreibung sind.

Die Antwort Jakobs

Einer fragte jenen, dessen Sohn verschollen war: O alter Weiser mit der reinen Seele, dein Sinn führte dich ahnend nach Ägypten, warum hast du ihn nicht am Brunnen Kanaans gesehen?

Da erwiderte er: Unser Zustand ist ein aufflammender Blitz: einmal sichtbar und im nächsten Augenblick verborgen; einmal bin ich auf dem höchsten Himmelsdach, das andere Mal kann ich nicht sehen, was vor meinen Füßen liegt.

Von allen Dingen

Von allen Dingen, die wir im Gespräche streifen,
erfreut uns die Rede vom Geliebten zumeist,
den Seelenatem belebt die Botschaft des Geliebten.
Nutzlos brennt die Kerze,
wenn nicht für den Geliebten;
wenn er gegenwärtig, ist's hell auch ohne Licht.
Hast du je von einem gehört,
der anwesend und abwesend zugleich?
Mitten unter euch bin ich und mein Herz anderswo.
Die Menge ergeht in Au und Gärten sich,
Garten und Au der Liebergriffenen ist deine Gasse.
Mein Leben will ich freudig dir zu Füßen legen,
nur fürchte ich, diese Gabe sei zu gering.
Würde der Geliebte, der sich von uns wandte,
doch wiederkehren, denn der Sehnsuchtsblick
ist auf seine Tür gerichtet!
Mein Herz hast du verbrannt wie Holz der Aloe,
und mein Atem ist wie Rauch aus Feuerbecken.
Die Nächte ohne dich sind Grabesnächte
in Gedanken, und ohne dich erwachend,
mein' ich, es wär' der jüngste Tag.
Sadi, vergebens hoffst du auf Vereinigung,
die Trennung kostet das Leben,
und der Wahn währet immer noch!
Entsage dieser langen Hoffnung deines Herzens,
weh, über diese auswegslose Täuschung deines Herzens!

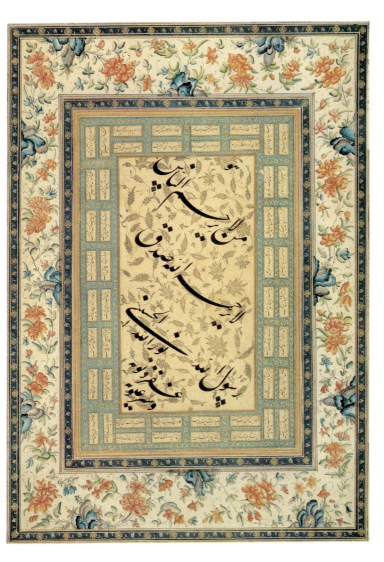

O irrender Sufi

O irrender Sufi, auf deinen guten Ruf bedacht,
solang du nicht den Trester trinkst,
wirst du nicht von deinem Leid entbunden!
Nichts verliert und gewinnt
das Königreich der Ewigkeit,
ob du nun den Koran auswendig weißt
oder den Götzen huldigst.
Was nützt deine Enthaltsamkeit,
wenn du vor Gottes Thron zurückgewiesen wirst?
Welchen Schaden fügt deine Lästerung,
wenn dein Leben glücklich enden soll?
Der Redliche und der Ehrlose müssen sich
der geheimnisvollen Bestimmung beugen,
Leibeigene der Vorsehung
sind der Weise und der Tor.
Deine Bemühungen werden dich nicht befreien,
o Jäger, den die Schlinge hält.
Vergebens schlägst du mit den Flügeln,
o Vogel, den der Sprenkel hält.
Welche Dauer hat der Weinpokal
in der Flugbahn eines Steins?
Das Weltenrad, du edler Gentelon,
ist jener Stein und du der Weinpokal.

Freudig bin ich in der Welt

Freudig bin ich in der Welt,
weil die Welt Freude fand durch ihn.
Der Schöpfung gilt meine Liebe,
denn alles Sein besteht durch ihn.
Preise den Morgenhauch, o Freund,
denn dieser Atem, der Tote erweckt,
stammt von ihm!
Nicht dem Firmament und nicht den Engeln
wurde die Liebe zuteil,
die er dem Menschen ins Herz gelegt.
Das Gift will ich nehmen, als wär es Honig,
und der Schenke wird Zeuge sein.
Willentlich ergebe ich mich dem Schmerz,
denn auch die Linderung stammt von ihm.
Besser wär's, mein krankes Herz,
es würde nicht gesunden,
willkommen soll mir sein die Wunde,
die seiner Huld bedarf.
Zwischen Lust und Pein macht der Wissende
keinen Unterschied,
bring Wein, o Schenke, feiern wollen wir,
daß die Bürde stammt von ihm!
Königtum und Bettlerlos bedeuten uns gleich viel,
denn beugen müssen sich ihm alle
Sadi, wenn die Flut der Vergänglichkeit
fortreißt deines Lebens Haus:
Sei unerschütterlich, denn der Grundstein
des Seins ward gelegt von ihm!

Ich hab' es anfangs nicht gewußt

Ich hab' es anfangs nicht gewußt,
daß du ohne Huld und Treue bist,
besser ist's, ein Bündnis nicht zu schließen,
als eines nicht zu halten.
Die Freunde werfen mir vor,
daß ich mein Herz dir gab:
Sie sollten eher dich befragen,
warum du so schön.
O du, der mich mahnte,
sich an deinem Zauber zu verlieren:
Ich treibe auf dem Ozean des Denkens,
deine Heimat ist anderswo.
Der Wange Mal, das Kinn, das wirre Haar
sind nicht, was sie scheinen:
Das Herz des Wissenden ergriff
ein göttliches Geheimnis.
Nimm fort den Schleier, ein Fremder
wird deine Züge nicht erkennen:
Du bist erhaben, in kleinen Spiegeln
zeigt sich deine Größe nicht.
Die Liebe des Derwischs, Rüge und Verruf
sind zu ertragen leicht,
aber die Bürde der Trennung
kann ich nicht auf mich nehmen.
Ein Tag ist's für Gesang und Festlichkeiten,
kein Herz ist in der ganzen Stadt,
das nicht dein Raub gewesen.
Ich beschloß, wenn du kämest,
dir mein Leid zu offenbaren:
Was soll ich sagen nun,

denn das Leid ging fort, als du kamst!
Auslöschen will ich die Kerze,
hinaustragen aus diesem Haus,
damit sie den Nachbarn nicht verrate,
daß du bei mir im Haus.
Sadi will der Schlinge nie entfliehen,
seit er erfuhr,
daß deine Ketten
beglückender als die Freiheit sind.

Fahrud-din Ibrahim Iraqi

Das Leid der Nacht

Das Leid der Nacht der Trennung
preßt Blut aus meinen Augen:
Was soll ich tun? Denn aus dem Garten
der Freundschaft sind solcher Art die Blumen.
Die Nacht lang legte ich mein Haupt
auf deine Schwelle, damit kein Buhler
unter dem Vorwand der Bettelei die Tür betrete.
Die Wimpern und Augen meines Liebsten
gleichen einem Feld von Hyazinthen,
auf dem Gazellen weiden.
Warum steht meine Augenpforte immer offen?
In der Hoffnung, daß dein Bild
in mein Auge falle.
Der Blumen bin ich leid, denn von ihrem Duft
hab' ich bislang nur Trug erfahren.
Wo ist dies Sitte, welcher Glaube schreibt es vor,
daß man den Liebenden töte, weil er liebt?
Ich ging zur Kaaba, der Weg zum Heiligtum
wurde mir verwehrt: Was hast du draußen getan,
daß du im Innern des Hauses Zuflucht suchst?
Ich ging zur Schenke und sah beherzte Zecher,
doch Heuchelei fand ich im Kloster nur.
Ich stieß die Tür zur Schenke auf, und zu mir
drang der Ruf: Willkommen, willkommen Iraghi,
denn du gehörst zu uns!

Schams-ed-din Mohammad Hafis

Herzdieb, du bist kein Kenner des Worts

Herzdieb, du bist kein Kenner des Worts,
wenn du das Wort jener hörst,
die in der Hingabe leben,
sag' nicht, es sei fehlerhaft!
Mein Haupt beugt sich nicht,
weder vor dieser noch jener Welt,
gelobt sei Gott für all die Listen,
die mein Haupt ersinnt!
Ich weiß nicht, wer mein Herz regiert,
denn ich bin stumm, doch im Innern
ist's voll Tumult und Lärm.
Mein Herz trat aus dem Vorhang,
wo bist du, Musikant?
Spiele deine klagende Weise,
sie soll mein Verbündeter sein!
Das Treiben dieser Welt
war nie in meiner Gunst,
der Anblick deines Angesichts
hat sie erst für mich verschönt.
Nachts hält mich ein Gedanke wach,
berauscht bin ich von hundert Nächten –
wo ist der Weg zur Schenke?
Schon darum bin ich willkommen
in der Schenke,
weil eine Glut, die nie verlöscht,
in meinem Herzen brennt.
Welches Lied war es, das der Musikant

spielte gestern Nacht?
Mein Leben schwand, und noch immer
begleiten mich die Klänge!
Es war der Aufruf deiner Liebe,
die man in mein Inneres senkte,
noch immer bin ich ganz erfüllt
von ihrem Widerhall.
Seit jener Zeit, als zu Hafis
drang des Freundes Stimme,
sind seines Herzens Bergesgrenzen
voll von ihrem Echo!

Weißt du, welcher Anblick

Weißt du, welcher Anblick
Glück verheißt?
Das Gesicht des Freundes schauen!
Lieber in seiner Gasse betteln,
als ein Königtum zu wählen!
Leicht mag es sein, das Leben
aufzugeben, doch schwer ist's,
die Freunde aufzugeben!
Herzbeklommen wie die Knospe
gehe ich in den Garten,
das Hemd des guten Rufs
will ich dort zerreißen!
Und wie der Westwind will ich
bald der Rose
das verborgene Geheimnis sagen,
bald von der Nachtigall
des Liebesspiels Geheimnis hören!
Versäume nicht, vom Mund
des Freundes einen Kuß zu rauben,
sonst läßt am Ende Zerknirschung
dich die eigene Lippe beißen!
Nütze die Zeit des Beisammenseins,
denn wenn wir durch dieses Haus
mit den zwei Türen zogen,
gibt es kein Wiederfinden!
Du sagst, Hafis schwand
aus Mansurs Sinn;
o Herr, bringe ihm des Derwischs
Obhut in Erinnerung!

Ich sag' es offen

Ich sag' es offen, und ich sag' es freudig:
»Leibeigener der Liebe bin ich und
von dieser und von jener Welt befreit!«
Ich bin ein Vogel aus dem heiligen Garten,
wie soll ich meine Trennung schildern,
als ich in diese arge Schlinge fiel?
Ich war ein Engel und mein Platz
im höchsten Paradies. Durch Adam
kam ich in dies verfallne Kloster.
Zärtliche Huris, Tubaschatten und der Himmelsborn
entschwanden deinetwillen aus meinem Sinn,
und auf der Tafel meines Herzens
steht nur das Alef deiner einzigen Gestalt.
Was soll ich tun? Kein anderer Buchstab
wurde mir von meinem Meister doch gelehrt.
Kein Astrologe fand noch meinen Schicksalsstern.
O Gott, zu welchem Los hat
mich Mutter Welt geboren?
Seit mit dem Ohrring der Sklavenschaft
ich in der Liebe Weinhaus diene
kommt jeden Augenblick ein neues Leid,
mir seinen Glückwunsch darzubringen.
Es pressen deine Blicke mir das Herzblut aus,
und der Tribut ist billig:
Was mußte ich mich auch an dich verlieren,
der aller Welt gehört, doch nur nicht mir!
Trockne mit deinen Locken
die Tränen von meinem Gesicht,
sonst reißt der stete Sturzbach noch
meines Lebens Grundstein mit sich fort!

Lange Jahre sucht' mein Herz

Lange Jahre sucht' mein Herz die Schale Djams,
von andern fordernd, was es selbst besaß;
von verirrten Tauchern am Meeresstrand
erbat es die Perle, die jenseits wächst
der Muschel von Raum und Zeit;
ein Entrückter, allzeit von Gott geleitet
und sah Ihn nicht und rief,
als wär er fern von ihm: »O Gott!«
Ich trug mein Anliegen gestern nacht
dem Weisen in der Schenke vor,
daß er, klarsichtigen Blicks, das Rätsel löse;
ich sah in frohgemut und lächelnd,
mit einem Becher Weines in der Hand,
in dessen Spiegel hundert Bilder widerschienen.
»Das Vergehen jenes Freundes«, sagte er,
»der durch sein Sterben einst das Kreuz erhöhte,
war dies, daß er Geheimstes preisgab;
doch jener, der in seinem Herzen wie in einer Knospe
der Wahrheit Allerheiligstes verschließt,
bewahrt als einen Prüfstein dies Gebot.
All dieses Trugwerk des Verstandes
gleicht dem Gaukelspiel des Magiers.
Nur wem der Heilige Geist die Gnade schenkt,
vermag Wunder zu wirken wie Jesus Christus.«
»Wann gab der Allmächtige dir diesen Zauberbecher?«
»Als er diese blaue Wölbung schuf.«
»Wozu diese Lockenketten der Geliebten?«
»Daß Hafis klage über sein verzücktes Herz!«

Wann erreicht mich die Nachricht

Wann erreicht mich die Nachricht
der Vereinigung,
damit ich mich erhebe?
Meine Seele, ein Vogel aus dem heiligen Garten,
wird sich befreit aus der Schlinge dieser Welt erheben.
Sende, o Herr, einen Regen
von der Wolke deiner lenkenden Gnade,
eh' ich als Staub von dieser Erde mich erhebe!
Steh auf und offenbare deine schöne Gestalt, Geliebte,
damit ich vom irdischen Staub voll Freude mich erhebe!
Obgleich ich alt bin, halt mich eine Nacht,
daß ich am Morgen mich verjüngt erhebe!
Wenn du zu meinem Grabe deine Schritte lenkst,
bring Wein und Laute mit,
damit ich zu der Spielmannsweise tanzend mich erhebe!
Glaub nicht, Drangsal des Alls, der Zeit vermöchten,
daß ich vom Platz an deiner Schwelle mich erhebe!
Und kommt der Tag, an dem ich sterben muß,
gewähre mir für eines Atems Dauer deinen Anblick,
damit ich, Hafis, mich aus diesem Kleid erhebe!

Baba Taher Oryan

Eine Blume pflanzte ich

Eine Blume pflanzte ich
am Hang des Berges
und tränkte sie
alle Tage und Nächte
mit meinen Tränen:
Nun, da ich in Erwartung
ihres Duftes lebe,
trägt ihn fort der Wind
von Stadt zu Stadt.

Ein Adler bin ich

Ein Adler bin ich,
wohne auf den Gipfeln,
ich hab' kein Obdach,
keine Heimstatt, keine Weggefährten,
die Felder der Welt
breiten sich aus auf meiner Reise,
für den Tod
bin ich gerüstet:
Mein Gefieder ist mein Sterbehemd.

Mirza Mohammad Ali Sa'eb

Ich höre im Schäumen des Weins

Ich höre im Schäumen des Weins
die Stimme des Lebensgeistes,
das Knarren der Paradiesespforte
vernehme ich im Harfenklang.
Dein Hören und mein Hören
unterscheiden sich:
Du hörst das Schließen,
ich das Öffnen der Tür.
Hundertfach lauter
als den Klang des Wassers
höre ich das Strömen des Weins
in den Gassen der Adern.
Ich sehe die Anmut
der Verborgenheiten der Gedanken,
ich höre das Echo der Füße
der Gazellen des Schlafs.
Ich höre die Schwingen
des Boten der Liebe immerzu,
Unrast höre ich, wenn das Gefieder
des Vogels erbebt.

Vierzeiler

Die Wurzeln der alten Palme
sind ausgedehnter als die der jungen;
inniger verbunden mit der Welt
ist der alte Baum.

*

Was nützt jenen, die das Schicksal beraubte,
ein Kundiger des Weges;
selbst das Lebenswasser Chesrs
ließ Alexanders Durst ungestillt.

*

Der Platz für die erlesene Perle
sollte eine Schatzkammer sein;
man sollte die eigene Brust als Heft
für ausgewählte Verse bestimmen.

*

Das Heilmittel gegen die mißliche Lage der Welt
ist Unkenntnis derselben;
hier ist jener wach,
den tiefer Schlaf umfängt.

*

Der Freund begleitet uns mit seiner Nähe
und wir erkennen es nicht;
vom Meer empfängt der Fisch das Leben
und achtet nicht des Meeres.

*

Wer wie die Kerze das Haupt
mit einer goldenen Krone erhöhte,
der wird seinen Tränen lange
überlassen sein.

*

Ich spreche von Reue
in meinen alten Tagen;
zerknirscht beiße ich meine Lippen,
jetzt wo ich zahnlos bin.

*

Einst betrauerten die Menschen jene,
die Abschied nahmen von dieser Erde;
in unserer Zeit betrauern sie
die Überlebenden.

*

Wenn jeder in seinem Vaterland
angemessene Ehre fände,
wäre Joseph dann aus des Vaters Obhut
in schmachvolle Haft gelangt?

*

Nicht eine Handvoll Staub
wird in diesem Weinhaus verschwendet;
ein Faß, ein Krug, ein Becher Wein
werden daraus gemacht.

*

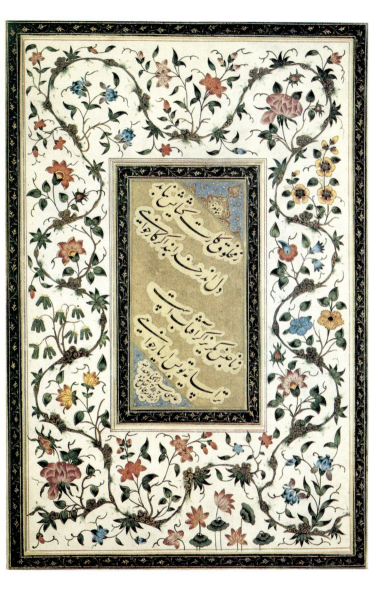

Das Glück in seinem Lauf
wird von Rückschlägen aufgehalten;
zwei drei Schritt zurückzugehen
verleiht dem Springer Flügel.

*

Die Einfältigen eignen sich rasch
die Farbe der Freunde an;
der redende Papagei
scheint den Spiegel zum Sprechen zu bringen.

*

Hossejn Mansur al-Halladj

Gedichte aus dem Diwan

Als ich trinken wollte,
meinen Durst zu löschen, sah ich
Deinen Schatten im Becher

1

Tötet mich, ihr Freunde,
durch meine Hinrichtung
werde ich auferstehen,
und in meinem Tod
ist mein Leben,
und mein Leben
ist in meinem Tod.
Ehrenhaft ist mein Erlöschen,
Schande mein Bestehen.
Inmitten der Trümmer
bin ich des Lebens übersatt –
vergießt mein Blut,
setzt diese Knochen
in Flammen:
Wenn ihr mich aufsucht
auf dem Gräberfeld
zur Abendzeit,
strahlt
das Geheimnis meines Freundes
im Versteck
der zurückgebliebenen Seele.

2
Ich war der würdige Greis
im höchsten Rang,
dann wurde ich ein Kind
im Schoß der Amme.
Mein Ort ist unter den Grabsteinen,
inmitten des Brachlands,
meine Mutter, o Wunder,
gebar ihren Vater,
ach, meine Töchter
wurden meine Schwestern:
Dies ist kein Werk der Zeit,
noch ist es ein Werk
der Begierde.

3
Sammelt meine Atome
von den leuchtenden Körpern,
von der Luft, vom Feuer,
vom reinen Wasser,
sät sie in Brachland,
in unfruchtbare Erde,
tränkt sie
aus kreisenden Bechern
freigebiger Schenken
aus strömenden Bächen:
Dann werden am siebenten Tag
die barmherzigen Pflanzen wachsen.

4
Die Sonne des Geliebten
ging auf in der Nacht,
schien und will nicht untergehn:
Wenn die Sonne
in der Nacht erstrahlt,
werden Sonnenherzen
sich nicht mehr verhüllen.

5
Wenn der Liebende
aus der Unreife der Empfindung
die Vollkommenheit erreicht
und ihn Vereinigung
berauscht,
dann ist in jedem Augenblick
sein Verlangen der Bürge seiner Treue:
Wahrlich, das Gebet der Liebenden
ist frevelhaft.

6
Ist denn die Erde leer von dir,
daß man dich in den Himmeln sucht?
Man schaut mit Blindheit
und erkennt dich nicht,
doch du siehst:
Die Blicke sind auf dich gerichtet.

7
Mein Wahnsinn
hat dich geheiligt,
meine Gedanken
führen dich zum Tanz,
in meinem Auge
wohnt mein Augenlicht:
Dies ist der Grund,
daß ich erblindet bin.

8
Beweis auf Beweis
findet das Herz,
daß Verzückung nichts
als Täuschung ist.
Was also ist der Mensch
außerhalb deiner,
wer in dieser Lücke ist der Teufel?

9
Falle uns nicht an:
Sieh diesen Finger
hennagefärbt
mit dem Blut der Liebenden.

10

Gott rief mich an
aus meinem Innern,
mein Wissen, es war äußerlich,
und ich trug es auf der Zunge.
Fern war er, nun ist er nah,
er zog mich ins Vertrauen,
er hat mich erwählt.

Autorenverzeichnis

Farid-ed-din Attar, geboren etwa 1119 bei Nischapur, verbrachte seine Jugend in Maschhad, war dann viele Jahre auf Reisen und wurde nach seiner Rückkehr in Nischapur Apotheker (attar). In seinem Werk ›Die Sprache der Vögel‹ wandern diese unter der Führung des Wiedehopfes zum Phönix Simurg als dem höchsten Ziel. Dreißig (simurg = dreißig Vögel) erreichen auf dem Weg einer inneren, bis zur Selbstvernichtung fortschreitenden Selbstvollendung tatsächlich das Ziel, um nun aber zu erkennen, daß sie eigentlich nur zu sich selbst unterwegs waren. Die übersetzten Gedichte sind aus dem Diwan.

Einoghozat al Hamadani, geboren in Hamadan 1098, gehört mit Halladj und Sohrwardi zu den Mystikern, die von der ulema (den orthodoxen Führern des Islams) verfolgt und hingerichtet wurden. Mit 14 Jahren schrieb er ein Traktat, der ihm den Vorwurf der Häresie eintrug. Seine Lehre von der Inkarnation Gottes im Menschen sowie sein Pantheismus waren die Hauptpunkte der Anklage. Von den 19 Werken, die ihm zugeschrieben werden, sind 10 Werke verschollen. Er starb mit 33 Jahren.

Ahmad-ebne Mohammad-ebne Zeyde Tussi, geboren in Tuss, in der Provinz Chorassan. Nähere Lebensdaten sind unbekannt. Sein Hauptwerk ist der ›Kommentar zu der Josephsure des Korans‹.

Schejch Schihab al-Din Sohrwardi wurde Mitte des zwölften Jahrhunderts in Sohrward, in der Nähe der Stadt Zandjan, geboren. Sein Schüler und Biograph berichtet, er sei »in seinen frühen Jahren auf der Suche nach Bildung umhergereist« und habe die islamischen Gesetze und die Rechtswissenschaft studiert. Sohrwardi sah sich als Erbe der Vorsokratiker und Platos, sie waren für ihn die Vertreter dessen, was er den ›ewigen Sauerteig‹ nannte, der alle freien Denker beseelt. Er führte in die Philosophie die Wissenskategorie der ›Erleuchtung‹ (eschraq) ein, die blitzartige und überwältigende Erkenntnis. Einer Einladung Malik Zahiers folgend, blieb er an dessen Hof in Aleppo. Religiöse Fanatiker sahen in ihm einen Häretiker und forderten seine Inhaftierung; er kam ins Gefängnis und starb dort, 1191, im Alter von erst 38 Jahren.

Sohrwardi schrieb arabisch und persisch; seine mystische Erzählung ›Der purpurne Erzengel‹, der die Allvernunft verkörpert, gehört zu den ersten allegorischen Texten der persischen Literatur.

Dschalal ed-din Rumi (Molawi), 1207-1273, der Autor des Masnawi Manawi, einer unerschöpflichen Fundgrube von Geschichten und Parabeln, sowie der hymnischen Gedichte an Schamse-Tabrizi. Unvergleichlich ist diese Dichtung in ihrer Durchdringung von Taumel und Hellsicht, Rausch und Nüchternheit. (Vgl. Dschalal ed-din Rumi, Die Sonne von Tabriz, Gedichte, Aufzeichnungen und Reden, Eremiten Presse 1988, übertragen von Cyrus Atabay.)

Schejch Musled-din Sadi schrieb nach vielen Jahren einer unsteten Wanderschaft erst nach der Rückkehr in seine Heimatstadt Schiras seine berühmtesten Werke: den ›Obstgarten‹ und den ›Rosengarten‹. Sadis Meisterschaft, die man als äußerst raffinierte Schlichtheit bezeichnet hat, erreicht in seinen Ghaselen jene ›Leichtigkeit, die schwer erreichbar ist.‹

Fahrud-din Ibrahim Iraqi, geboren um 1230, ein sufischer Dichter, den es im Westen noch zu entdecken gilt; größte Wirkung hatte er mit der poetischen Prosa seine ›Lama'at‹ (Blitze).

Schams-ed-din Mohammad Hafis, 1325-1390, sein Name wird *Hafez* ausgesprochen; nirgends haben in der persischen Poesie Welterfahrung und Mystik ein so schönes Gleichgewicht gefunden wie bei ihm. (Vgl. Hafis, Liebesgedichte, Insel Verlag 1990, 5. Auflage; sowie Hafis, Fünfzig Gedichte, Eremiten Presse 1987, übertragen von Cyrus Atabay.)

Baba Taher Oryan, geboren 1055 in Hamadan, gehört zu den frühesten Dichtern von Vierzeilern, der teilweise im Dialekt schrieb. ›Die persischen Nomaden erachten ihn für einen der ihren, die Derwische für einen Heiligen, und der schlichteste Iraner rezitiert bis heute seine Verse.‹ (Rypka)

Mirza Mohammad Ali Sa'eb aus Tabriz, der letzte große Dichter und *poeta doctus* der Safawidenzeit, wurde in Tabriz geboren, wuchs aber in Isfahan auf, wo er 1676 starb. Er verbrachte seine Jugend in Delhi und anderen Städten Indiens und fand dort größere Wertschätzung als in seiner Heimat.

Hossejn Mansur al-Halladj, geboren um 857 in der persischen Stadt Tur, Sufi und Wanderprediger, der schließlich der Ketzerei beschuldigt und nach neun Jahren Gefängnis im Jahre 922 zum Tod verurteilt wird, gehört zu den fesselndsten Gestalten der mystischen Bewegung. Er provozierte die orthodoxen Muslims mit dem Ausruf: ana'l-haqq (Ich bin die Wahrheit), d. h. eins mit Gott. Halladj huldigte der Apotheose des Menschen als der Inkarnation Gottes. Den Weg, den der Mensch gehen muß, um die göttliche Substanz in sich ganz zu befreien, selber Gott zu werden, sah er im *fana*, in der ekstatischen Entwerdung.

Quellen

Die Chronik der Gottesfreunde von Attar, herausgegeben von R. Nicholson, Teheran 1957

Biographie und Kommentar zu den Werken des Farid-ed-din Attar Nishapuri, herausgegeben von B. Fourousanfar, Teheran 1960

Ahmad-ebne Zeyde Tussi, Kommentar zu der Josephsure des Korans, herausgegeben von M. Roschan, Teheran 1966

Le Diwan D'Al-Halladj, édité, traduit et annoté par Louis Massignon, Paris 1955. (Die persische Übertragung des arabischen Originals stammt von B. Elahi.)

Der purpurne Erzengel, herausgegeben von Dr. M. Saba, Teheran 1940

Schejch Shihab aldin Sohrwardi, Œuvres Philosophiques et Mystiques, Vol. II, herausgegeben von Henri Corbin, eingeleitet von Seyyed Hossein Nassr, Teheran 1970

Das Geheimnis der Vereinigung von Mohammad-ebne-Monawar, herausgegeben von Dr. Safa, Teheran 1953

Aufzeichnungen des Chaje Abdullah Ansari, herausgegeben von W. Dastgerdi, Teheran 1968

Risale-je Lawajeh, Über mystische Liebe, Teheran 1959

Sharh-e-Shathiat von Ruzbehan Bagli Shirazi, herausgegeben von Henry Corbin, Teheran 1966

Fih-e-mafih, Aus den Reden des Molawi, herausgegeben von B. Fourousanfar, Teheran 1969

Bei den Gedichten wurden die Diwanausgaben letzter Hand berücksichtigt.

Nachwort

1

Zu den feststehenden Topoi der klassischen persischen Poesie gehört der Falter und die Kerze. Dieses poetische Begriffsbild symbolisiert zunächst die Leidenschaft des Liebenden und sein unablässiges Werben um den Geliebten; darüber hinaus kommt ihm eine zentrale Bedeutung innerhalb der persischen Poesie zu, die uns Aufschluß über die Konzeption des Dichters von der Dichtung und ihrer Funktion gibt.
In dieser Dichtung dominiert fraglos ein Thema: nämlich das von der Erschütterung und Realität der Liebe. Welterschließung scheint nicht anders möglich zu sein als durch die Kraft der Liebe, Erkenntnis nur durch sie. In einem programmatischen Gedicht in der Einleitung zu seinem Golestan sagt Sadi:

> Diese Verblendeten sind ohne Kunde
> auf der Suche nach ihm;
> denn jener, der uns Nachricht brachte,
> kam nicht zurück.

Die dritte Person, die hier gemeint ist (auf der Suche nach ihm), ist immer der Geliebte; um dem Schein der Frömmigkeit zu genügen, ließen es die Dichter zu, daß diese dritte Person auch als allmächtiger Schöpfer interpretiert wurde. Die Verblendeten sind nicht etwa die Diener der empirisch-rationalen Wissenschaft, sondern die Schwärmer und scheinheiligen Frömmler. Eine durchaus tragische Auffassung von der Rolle und Bestimmung des Dichters wird dann ausgesprochen:

> ... jener, der uns Nachricht brachte,
> kam nicht zurück.

Dies also ist der Preis, den jener, der das Wagnis der Erkenntnis auf sich nahm, der uns Nachricht brachte, entrichten muß: Er verbrennt an der Flamme. Tatsächlich riskiert es in den Sozialordnungen, wie wir sie kennen, der denkende, der schöpferische Mensch nicht selten, von dieser Gesellschaft verfemt zu werden. Andererseits kann die Erkenntnis unmittelbar das Leben gefährden, weil es einen Grad der Hellsicht gibt, der in Wahnsinn umschlagen kann.
Die Liebe, die, wie es in dem Gedicht heißt, dem Menschen, doch nicht dem Firmament und nicht den Engeln zuteil wurde, wird also als Mittel zur Erlangung der Erkenntnis gewertet: Sie befähigt zum Schauen der Erscheinungen, das in Wahrheit das Dichterische kennzeichnet.

2

In der persischen Sprache gibt es die Bezeichnung *rend*[1], was soviel heißt wie: närrischer Weiser, ein allzu Wissender, der seine Sache auf nichts gestellt hat und von der Welt weder etwas erwartet noch fordert.
Der Sufi mit seiner wollenen Kutte ist solch ein *rend*: bedürfnislos und in Armut lebend, fast ständig auf Wanderschaft, als Unruhestifter verrufen, aber auch in seinem Rang erkannt und geachtet. Wie aber ist Sufismus, diese unorthodoxeste Form der islamischen Mystik, zu praktizieren? Darauf gibt uns ein Meister die Antwort: ›Wißt ihr, was diese Mühle sagt? Sie sagt, Sufismus ist das, was mir zu eigen ist: grob emp-

---

[1] Auch Zechbruder, Schelm.

fange ich und gebe es fein zurück, ich drehe mich im Rundgang um mich selbst, reise meine Reise in meinem Innern, bis ich das, was nicht zu mir gehört, ausgesondert habe.‹ Ein Prozeß der Läuterung also, ein Weg der Selbstverwirklichung, auf dem die Schlacke zurückgelassen wird, bis nur noch die Flamme bleibt, die in ihrer Transparenz die Wahrheit durchscheinend macht.

Was den Sufi charakterisiert, ist seine bedingungslose Hingabe an das Geheimnis der Wahrheit, seine nie ermüdende Expedition zu ihr hin: Durchdringung des Lebens und eigenes Durchdrungensein. Wer diese Stufe erreicht, erwirbt, wie Sohrwardi sagt, die Fähigkeit des Balsamöls, von dem ein Tropfen die in die Sonne gehaltene Handfläche durchdringt und auf der Rückseite der Hand erscheint. Er wird selbst zur Schwelle, auf der die Dinge ihren Namen niederlegen.

So wie der Sufi immer wieder die Wahrheit aus seinem Innern produziert (fortwährende Infragestellung und Auflösung der Formen), läßt seine Hellsicht für das Provisorische der Lebensetappen nicht einen Augenblick nach. Nur der sufische Meister stellt keine Fragen mehr und erheischt keine Antwort von der Welt: Er hat jene Stufe der Selbstentäußerung erreicht, auf der sein Schweigen mit dem der Welt zusammenfällt und Identität möglich ist. Wer ihm auf diesem Weg folgen will, muß die Fragestellungen durchschreiten. Die Vorzeichen sind hier umgekehrt: Die Logik wird aufgelöst, und der Ausgangspunkt ist entgegengesetzt: Er ist nicht mehr der Suchende, sondern der Gesuchte; er sucht nicht, weil er finden will, sondern weil er gefunden hat, sucht er. Er taucht in das Schweigen der Welt, um seine Dimension aus dem Mittelpunkt der Dinge heraus zu erfahren. ›Was hat dich zu diesem Rang geführt?‹ wird der Meister gefragt. Und die Antwort lautet: ›Finsternis auf Finsternis, bis ich in ihr versank.‹

Die Aufzeichnungen und Geschichten, die uns von Attar und anderen überliefert wurden, vermitteln die Essenz der sufischen Lehre. Seine Blüte erreichte der Sufismus im 9. und 10. Jahrhundert, zur Lebenszeit der Meister Bajasid und Schebli. Die nachfolgende persische Mystik, die sich später in verschiedene Stränge verzweigte, hat hier ihre Wurzel.

3

Sohrwardi, der nahezu fünfzig Bücher in arabischer sowie persischer Sprache schrieb, schuf in seiner Prosa ein Modell für die spätere erzählende und philosophische Prosa in persischer Sprache, ›the Persian works being among the greatest masterpieces of prose-writing in that language‹.[2] Er war der Begründer der Philosophie des Ishraq oder der Erleuchtung, deren Quellen im Sufismus liegen. Sohrwardi glaubte an eine universelle Weisheit, an die philosophia perennis, die in verschiedenen Formen bei den alten Hindus und Persern, Babyloniern und Ägyptern und bei den Griechen bis zu Aristoteles vorhanden war, der für Sohrwardi nicht den Anfang, sondern eher den Abschluß der griechischen Philosophie darstellt, weil er sie auf ihren rationalen Aspekt reduziert. Sohrwardis Bemühen war es, die alte Weisheit des Orients mit der des Pythagoras und des Plato zu vereinen. Wahrhafte Erkenntnis scheint ihm nur durch die Synthese des Intellekts und der Intuition, der Ratio und der Erleuchtung möglich.

Sohrwardi bezieht seine Symbolik aus der zarathustrischen Religion. Der Mensch in dieser Welt steht für ihn zwischen Schatten und Licht: In dem Maße, in dem er lichterfüllt ist,

2 Seyyed Hossein Nasr, Three Muslim Sages, Harvard University Press, Cambridge, Massachusetts, 1964.

ist er auch wissend. Doch die Durchdringung dieser beiden Elemente ist stets graduell verschieden. Die Engel indessen gehören ganz der Hierarchie des Lichtes an; jedem Menschen ist ein Engel zugehörig, sein *alter ego*, dem er auf dem Weg der Selbstverwirklichung entgegengeht und der ihn heimlich begleitet und ihm beisteht. Denn jede Seele, so sagt Sohrwardi, hat eine vorhergehende Existenz im Reich der Engel, ehe sie in das Reich der Körper fiel und von ihrem ursprünglichen Wohnsitz getrennt wurde. Von dieser Reise der Seele zu ihrer endlichen Befreiung und Wiedervereinigung mit ihrem wahren Selbst berichtet seine mystische Erzählung ›Der purpurne Erzengel‹.

4

Um ihre Erlebniswelt zu objektivieren, bedienten sich die Dichter stereotyper Modelle oder *Leitvorstellungen*, namentlich ekstatisch-kathartischer[3] Provenienz. In welcher Stellung befindet sich das lyrische Ich, mit dem sich der Leser identifizieren kann? An drei Beispielen sei das zu verdeutlichen versucht. In einem Gedicht evoziert Hafis die Zeit der Jugend und der Verstrickung:

> Ich sag' es offen und ich sag' es freudig:
> »Der Leibeigene der Liebe bin ich
> und von dieser und jener Welt befreit!«[4]

Mag sein, der Autor ahnt, daß ihn nur die Liebe erretten kann, aber noch klafft ein Zwiespalt zwischen dem Wunsch

3 Ernst Topitsch: Mythos, Philosophie, Politik. Zur Naturgeschichte der Illusion. Verlag Rombach, Freiburg, 1969.
4 Hafis: Liebesgedichte, übertragen von Cyrus Atabay, Frankfurt a. M. 1990 (Insel Verlag, 5. Auflage).

und seiner Erfüllung. Denn dieses Ich ist wehrlos, vertrieben aus dem Paradies oder dem Zustand der Vorbewußtheit. Wie ein Vogel geriet es in die arge Schlinge der Welt, die es feindlich umstellt: *O Gott, zu welchem Los hat mich Mutter Welt geboren*, ein Los, mit dem es sich nicht abfinden kann, so daß es unermüdlich versucht, aus der Gefangenschaft auszubrechen. Beherrschend ist hier der Ton der Klage, denn auch der Anblick des Geliebten verschärft nur den Schmerz der Trennung:

> Trockne mit deinen Locken
> die Tränen von meinem Gesicht,
> sonst reißt der beständige Sturzbach
> meines Lebens Grundstein mit sich fort!

Das ist die Lage des Ich, bevor es sich auf den Weg der Erkundung der Welt begibt. Das zweite Beispiel umspannt die Jahre der Erfahrung und der Suche:

> Lange Jahre begehrte mein Herz die Schale Djams,
> von anderen fordernd, was es selbst besaß.

Der Weise, an den es sich schließlich mit der Bitte wendet, eine Antwort auf das Rätsel des Daseins zu geben, das aus einem unentwirrbaren Irrsal besteht, bedeutet ihm, daß nur jener Antwort finde, der nicht mehr fragt, der das Schweigen akzeptiert und in seinem Herzen wie in einer Knospe die Wahrheit verschließt. Dieses Ich findet zwar hienieden keine Ruhe, aber es bereitet sich auf den Augenblick der Befreiung vor, die im dritten Gedicht ersehnt wird:

> Wann erreicht mich die Nachricht der Vereinigung,
> damit ich mich erhebe!
> Meine Seele, ein Vogel aus dem heiligen Garten,
> wird sich befreit
> aus der Schlinge dieser Welt erheben!

Auf diesen drei skizzierten Etappen wird Zuflucht gesucht in der Erinnerung an den Ort des Ursprungs, im Beistand des Magiers und schließlich in der endgültigen Befreiung. Hier ist es das bekannte Motiv vom Fall der Seele in die Materie und ihrer Rückkehr in ihre göttliche Heimat. Die Sehnsucht, sich den Bedrängnissen mittels dieser Vorstellungen zu entziehen, geht durch die gesamte persische Poesie.

Doch diese Stützen erschöpfen keineswegs eine Dichtung, die ihren Impetus, wie schon angedeutet, aus der *Realität der Liebe* als einer unabhängigen Erfahrungsweise bezieht: Die großen Werke dieser Literatur zeigen vielmehr, daß sich mit diesem Instrument die Welt umfassender deuten läßt als mit empirischen Mitteln.

5

Der Aspekt der Finalität in der Mystik, also die unio mystica als Ziel und Vollendung, wird heute kaum noch beachtet. Das ›Mystische‹ aber als Zustand gesteigerten Bewußtseins ist indessen seit De Quincey und Baudelaire wieder ins Blickfeld gerückt. Der Rausch als Hilfsmittel zur Herbeiführung seelischer Ausnahmezustände wurde wiederentdeckt; solche Erfahrungen waren die Grundlage der Derwischorden und der Ekstatiker, die sich auf diese Weise den uns als Menschen auferlegten Beschränkungen zu entziehen versuchten. (Viele Gedichte von Molawi entstanden zweifellos unter Drogeneinwirkung.)

Diese Richtung wurde spätestens seit Aldous Huxleys ›Die Pforten der Wahrnehmung‹ Mode; vor ihm hatte André Breton in seinem zweiten Manifest des Surrealismus die Wiederherstellung eines Zustandes gefordert, der dem Wahnsinn in nichts nachstünde. Man berief sich auf Lautréamont und Rimbaud, die den Mut bewiesen hätten, aufzubrechen, von wo aus auch immer sie wollten, die sich von der Bourgeoisie befreit und ihre eigene Revolution durchgeführt hätten. Es ging darum, die alten Kulte und Konservierungsapparate zu zerschlagen, um eine Existenz (oder, um in der mystischen Terminologie zu sprechen: das wesenhafte Leben) anderswo zu finden. Gérard de Nerval hatte diese Existenz im Traum gefunden, Hölderlin in der Utopie und Novalis in der unbegrenzten Weite und Beweglichkeit seiner Intelligenz.
Diese Dichter besaßen jene Haltung der Erwartung oder der vollkommenen Empfänglichkeit, die später als Voraussetzung für die Poesie unseres Jahrhunderts erkannt wurde. Diese Auffassung entspricht der Einsicht eines Eckart, wenn er sagt: ›Noch soll man dienen oder wirken um irgendein Warum, weder um Gott noch um die Ehre noch um irgend etwas, was außerhalb von einem wäre – vielmehr allein um das, was das eigene Wesen und das eigene Leben in einem selber ist.‹[5] Und Bajazid meint das gleiche, wenn er sagt: ›Verlange noch weiter zu gehen, steigere deine Ansprüche; denn wenn du einen Grad annimmst, wird er für dich ein Vorhang werden, der deinen Gang hemmen wird.‹[6]

5 Meister Eckart: Vom Mystischen Leben, Verlag Benno Schwabe, Klosterberg, Basel, 1951.
6 Martin Buber: Ekstatische Konfessionen, Schocken Verlag, Berlin.

Als ich mit den Übersetzungen dieser Sammlung begann, die ich als Fortführung meiner eigenen Arbeiten verstehe und die während verschiedener Aufenthalte in Persien entstand, suchte ich die Ursprünge einer Mystik aufzuspüren, die im Westen Johann Scheffler so definiert hatte: ›Freund, so du etwas bist, so bleib doch ja nicht stehn: man muß aus einem Licht fort in das andre gehn.‹ Ihm erwidert Sohrwardi: um die Worte der Ameisen in der Sprache der Wahrheit zu erlernen.

Cyrus Atabay

Inhalt

Aufzeichnungen sufischer Meister 7
Schejch Schebab-Aldin Sohrwardi
    Die Worte der Ameisen 27
    Der purpurne Erzengel 29
Dschalal-ed-din Rumi
    Vernimm, was das Rohr erzählt 39
    Ein Vogel oben 41
    An einem Bach 42
Farid-ed-din Attar
    Alles, was ich mein nenn' 43
    Ich ersehnte jenen 44
    Mich gelüstet, heute nacht 45
Schejch Musled-din Sadi
    O Vogel der Frühe 46
    Die Antwort Jakobs 47
    Von allen Dingen 48
    O irrender Sufi 49
    Freudig bin ich in der Welt 50
    Ich hab' es anfangs nicht gewußt 51
Fahrud-din Ibrahim Iraqi
    Das Leid der Nacht 53
Schams-ed-din Mohammad Hafis
    Herzdieb, du bist kein Kenner des Worts 54
    Weißt du, welcher Anblick 56
    Ich sag' es offen 57
    Lange Jahre sucht' mein Herz 58
    Wann erreicht mich die Nachricht 59
Baba Taher Oryan
    Eine Blume pflanzte ich 60

    Ein Adler bin ich 61
Mirza Mohammad Ali Sa'eb
    Ich höre im Schäumen des Weins 62
    Vierzeiler 63
Hossejn Mansur al-Halladj
    Gedichte aus dem Diwan 66

Autorenverzeichnis 71
Quellen 75
Nachwort 77